Œdipe en plein doute
(*Œdipe roi* de Pasolini).

Sophocle

Œdipe roi

Traduction de Jean Grosjean

Préface et dossier de Jean-Louis Backès
Professeur émérite à l'Université de Paris-Sorbonne

Notes et lexique de Raphaël Dreyfus

Notice sur Œdipe roi *de Pasolini*
par Romain Berry

Gallimard

Traduction et édition dérivées de la Bibliothèque de la Pléiade.

Pages 4, 148 et 154 : photogrammes tirés du film Edipo re *de Pier Paolo Pasolini (1967).*

PRÉFACE

Après Sénèque, après Corneille, après Voltaire, après Gide – avant Pasolini –, Cocteau donne une nouvelle voix à la vieille légende d'Œdipe. Comme les autres, il s'appuie sur le texte de Sophocle. Mais, alors que, généralement, les poètes reprennent pour titre de leur œuvre le nom du personnage, Cocteau innove : cette nouvelle version du mythe s'appelle La Machine infernale. *À la fin du prologue, une voix anonyme fournit une explication : « Regarde, spectateur, remontée à bloc, de telle sorte que le ressort se déroule avec lenteur tout le long d'une vie humaine, une des plus parfaites machines construites par les dieux infernaux pour l'anéantissement mathématique d'un mortel. » La métaphore est agressivement moderne. Elle évoque les tentatives d'assassinat dirigées, au* XIXe *siècle, contre Louis-Philippe et Napoléon III. On a parlé de « machine infernale » pour désigner les systèmes d'explosifs mis en place par Fieschi (1835) et Orsini (1858). Cocteau a très certainement voulu cet anachronisme, qui, de plus, fait un curieux effet lorsque l'adjectif est repris dans une expression, cette fois, très antique : « dieux infernaux ». Malgré tout, il semble que ce fracas de bombes, à travers les siècles, entre en résonance avec d'autres paroles, habitées par d'autres comparaisons, par exemple avec ces vers de Shakespeare auxquels nous songeons facilement quand nous imaginons une forme immémoriale, presque intemporelle, de la tragédie :*

As flies to wanton boys are we to th' gods ;
They kill us for their sport[1].

Ce qui, en modifiant un peu la syntaxe pour conserver l'ordre des mots, se traduit par :

Des mouches pour des garnements, voilà ce que nous sommes pour les dieux ;
Ils nous tuent pour leur amusement.

Formule d'autant plus frappante pour nous, que, depuis le XVIIe *siècle, le mot « sport » a quelque peu changé de sens, et que nous le savons fort bien.*

Peut-on, lorsque est en jeu, non pas le mythe d'Œdipe, riche de variantes, mais la tragédie de Sophocle, cet Œdipe roi *représenté il y a plus de vingt-cinq siècles, reprendre l'image de la machine infernale ? Suffirait-il d'apporter quelques modifications, ou est-elle tout à fait impropre ?*

La question se pose plus particulièrement, non seulement parce que le drame antique est considéré comme un chef-d'œuvre, mais surtout parce qu'on a longtemps voulu y voir un modèle parfait

1. Shakespeare, *Le Roi Lear*, acte IV, sc. I.

de ce que doit être la tragédie. Or la formule de Cocteau est souvent prise comme une définition de la tragédie, de cette tragédie éternelle dont la pièce de Sophocle est supposée fournir une réalisation exemplaire.

La plus parfaite des tragédies

*En 1585, on inaugure à Vicence, sur les bords du Pô, le premier théâtre permanent qui ait été construit dans l'Europe moderne. L'entreprise a été patronnée par une académie d'humanistes. L'architecte, Andrea Palladio (1508-1580), est lui-même un érudit, qui a fait une étude approfondie des théoriciens de l'Antiquité, et essentiellement de Vitruve (Ier siècle avant notre ère) ; or Vitruve avait consacré une importante partie de son traité aux problèmes posés par la construction des théâtres. Palladio le suit, à un détail près : le Teatro Olimpico aura un toit. Pour le reste, il ressemble à tous ceux qui ont été construits dans le monde gréco-romain. Comment célébrer cette résurrection d'une image antique ? La réponse semble évidente : en jouant l'*Œdipe roi *de Sophocle. Certes on donne le texte en traduction italienne ; certes la musique, due à Andrea Gabrieli (1533-1585), est toute moderne, somptueusement polyphonique ; certes le décor utilise largement la perspective, pratique encore assez récente. Malgré ces accommodements, l'*Œdipe roi *s'impose comme un symbole. C'est la tragédie grecque par excellence, de la même façon que la tragédie grecque incarne, par excellence, la tragédie.*

Le spectacle de Vicence ne crée pourtant pas une tradition. Il faut attendre près de trois siècles pour que des gens de théâtre s'avisent à nouveau que les textes antiques peuvent être joués tels quels, qu'ils n'ont pas besoin d'être confiés à un poète moderne, qui les adaptera, y introduira des changements, les mettra au goût du jour. On croyait Sophocle et Euripide réservés à la lecture et au commentaire savant ; pour mettre sur le théâtre l'histoire d'Iphigénie, on recourait à Rotrou ou à Racine. On se persuade enfin qu'une traduction exacte peut émouvoir un public. En France, l'événement qui consacre cette découverte est une double représentation d'Œdipe roi : au Théâtre français, en 1881 ; et, sept ans plus tard, en plein air, au théâtre antique d'Orange. Interprète du rôle principal, Mounet-Sully connaît un triomphe. Une fois de plus, le symbole a joué. L'histoire d'Œdipe passe toujours pour « le chef-d'œuvre de l'Antiquité », comme le proclamait déjà Corneille, à qui le père Brumoy donnait pour ainsi dire la réplique : « L'Œdipe de Sophocle a été regardé dans tous les temps, jusqu'à nos jours, comme le chef-d'œuvre du Tragique ancien, de même que le Laocoon et la Vénus de Médicis en genre de sculpture, ou Homère en fait de poème épique[1]. »

Mais – il faut insister – cette tragédie n'est pas seulement, par elle-même et pour elle-même, une œuvre admirable. C'est un modèle, le modèle. En 1692, le grand helléniste André Dacier (1651-1722) avait publié une traduction commentée de la Poé-

1. *Théâtre des Grecs*, par le R. P. Brumoy [1734], nouvelle édition, Paris, 1785-1789, t. III, p. 222.

tique *d'Aristote ; immédiatement après, il donnait « une traduction de quelques tragédies des Grecs, afin qu'on pût voir en même temps la règle et l'exemple ». Il avait choisi, évidemment, l'*Œdipe roi*, non sans y ajouter une autre pièce de Sophocle,* Électre*.*

*La célébrité de l'*Œdipe roi *doit beaucoup à l'autorité d'Aristote, qui l'évoque plusieurs fois dans sa* Poétique *et en analyse avec précision la construction narrative. Il importe de se rappeler que ce court traité, assez peu apprécié dans l'Antiquité mais étudié avec passion depuis son impression en 1508, est avant toute chose ce que nous appellerions aujourd'hui une théorie du récit. On y apprend à construire des scénarios cohérents et convaincants. Or, pour Aristote, la pièce de Sophocle est, de ce point de vue, une grande réussite.*

L'autorité d'Aristote

La pièce repose, comme d'autres tragédies antiques, sur une « reconnaissance » : Œdipe ne connaissait pas sa propre identité ; il la découvre. La reconnaissance est, pour Aristote, un « renversement » : « La reconnaissance […] est le renversement qui fait passer de l'ignorance à la connaissance[1]*. »*

1. Aristote, *La Poétique*, 52 a (ainsi que pour les citations qui suivent). Nous utilisons l'édition de Roselyne Dupont-Roc et Jean Lallot (Paris, Seuil, 1980, p. 71), parce qu'elle propose un système d'équivalents, grâce auquel chaque terme grec est toujours traduit par le même mot français. D'autres traducteurs ont proposé des équivalents différents, transcrit « *peripe-*

*Le même mot de « renversement » (*métabolè*) sert à décrire le « coup de théâtre » (*peripeteia*) : « Le coup de théâtre est [...] le renversement qui inverse l'effet des actions. » Aristote illustre cette définition par un exemple, emprunté à* Œdipe roi *: le messager de Corinthe pensait rassurer Œdipe en lui révélant qu'il n'est pas le fils de Polybe et de Mérope ; cette révélation a un effet inverse de celui qui était attendu.*

*« La reconnaissance la plus belle est celle qui s'accompagne d'un coup de théâtre, comme par exemple celle de l'*Œdipe*. » Cette particularité de la pièce en produit l'unité. Le « renversement » oppose diamétralement deux situations : au début de la pièce, le héros est heureux à tout point de vue ; tout lui a réussi. À la fin, il est le plus malheureux de tous les hommes. L'action peut être perçue de manière synthétique : on saisit d'un coup d'œil le point de départ et le point d'arrivée. La cohérence est parfaite. Mais, selon Aristote, il ne suffit pas que le « nouement » contraste avec le « dénouement ». Il faut encore que le passage de l'un à l'autre se fasse selon une certaine nécessité. « Tout cela doit découler de l'agencement systématique même de l'histoire, c'est-à-dire survenir comme conséquence des événements antérieurs, et se produire par nécessité ou selon la vraisemblance ; car il est très différent de dire "ceci se produit* à cause *de cela" et "ceci se produit* après *cela[1]" ».*

---

teia » en « péripétie », traduit « *metabolè* » par « changement » ou par « passage ».

1. *Ibid.*, p. 69.

Or l'histoire d'Œdipe, telle que Sophocle l'a construite, est un fort bel exemple « de cette continuité qui était si fort du goût des Anciens[1] ». Les événements s'y enchaînent avec une remarquable rigueur. On a remarqué, non sans étonnement parfois, qu'ils s'y répartissent comme dans un roman policier classique. Le spectateur n'a sous les yeux aucun des événements qui ont constitué la vie du héros, avant le moment où la peste s'abat sur Thèbes. Il est aux prises, pour ainsi dire, avec deux histoires : l'une s'est déroulée dans un passé lointain, il est censé n'en savoir que peu de chose, il en prendra connaissance par divers récits ; l'autre appartient au présent, elle suit le temps de la représentation. C'est la chronique de l'enquête. Ce que l'enquête met au jour est seulement l'objet de récits. À la fin de la pièce, ces différents récits pourraient se combiner pour former une biographie complète du héros depuis sa naissance, et même avant. La biographie commence en effet avec la prédiction que proclame un oracle : le roi Laïos sera tué par son fils.

La biographie d'Œdipe

Cette prédiction est donnée à l'état brut, sans pourquoi ni comment. Phénomène banal chez les devins antiques, et chez les émules modernes de

1. Ces termes sont employés par Racine dans la préface d'*Athalie*. Le poète se félicite d'avoir pu, en introduisant un chœur dans sa tragédie, se rapprocher de l'exemple grec.

Madame Soleil : on annonce, on n'explique pas. On dévoile un événement futur, mais on n'en décrit pas les modalités. Laïos sera tué par son fils. Où ? Quand ? Dans quelles circonstances ? Rien n'est dit.

C'est pourquoi on pourrait avoir envie de prononcer le mot de « nécessité », de penser à l'« anankè » *hugolienne*[1]*. Ce qui a été prédit ne peut pas ne pas se produire. Il faut alors oublier que, pour Aristote et pour bien d'autres, le mot « nécessité » peut avoir un sens logique. En logique, il désigne un enchaînement : une proposition découle nécessairement d'une autre. Or l'oracle n'a ni antécédent ni successeur. Il est isolé.*

Il est isolé, plus isolé encore que la prédiction de la méchante fée dans La Belle au bois dormant *: « Le rang de la vieille Fée estant venu, elle dit, en branlant la teste, encore plus de dépit que de vieillesse, que la Princesse se perceroit la main d'un fuseau, et qu'elle en mourroit*[2]*. » Cette dame s'estime offensée ; on avait oublié de l'inviter à la fête ; elle veut se venger. Elle a une raison. On rencontre un pourquoi.*

La comparaison peut sembler bizarre : est-il permis de mettre en parallèle un vénérable mythe et un conte de nourrice ? On y gagne au moins de se rappeler un schéma qui apparaît souvent dans la mythologie : un dieu s'est vexé parce qu'on l'a négligé lors d'un sacrifice. Et il déclenche un fléau. Or ce schéma n'est pas réalisé dans l'histoire d'Œdipe telle que la raconte Sophocle. Apollon n'a, semble-t-il,

1. Hugo, *Notre-Dame de Paris*, livre VII, chap. IV.
2. Charles Perrault, *Histoires ou Contes du temps passé*, Paris, Barbin, 1697.

aucune raison d'en vouloir ni à Laïos, ni à son fils. Pour quelle raison Laïos est-il voué à mourir victime d'un parricide ? Personne ne peut répondre à cette question. Apollon a dit ce qu'il savait, ce qu'il se trouvait savoir. De qui tenait-il son savoir ? On songe à d'autres histoires, qui – chose étrange – sont aussi en rapport avec des rivalités possibles entre père et fils : Terre et Ciel – ou, si l'on préfère, Gaïa et Ouranos – savent que Mètis, première épouse de Zeus, doit mettre au monde, outre Athéna, un fils « violent, arrogant à l'extrême[1] *». Instruit par eux, Zeus avale, littéralement, Mètis enceinte ; c'est de sa tête à lui que naît Athéna ; et le fils dangereux n'existera jamais. De la même manière, Prométhée se trouve savoir que le fils de la belle Thétis sera plus puissant que son père. Il négocie ce secret contre sa liberté ; et Zeus, prudent, s'abstient de tout commerce avec la déesse, malgré le grand désir qu'il a de lui faire l'amour.*

Dans le texte de Sophocle, rien ne permet de comprendre d'où Apollon sait ce qui guette Laïos. On voit clairement qu'il veut le mettre en garde contre un danger. A-t-il agi par bienveillance ? Le récit de Jocaste, empreint d'un visible scepticisme, laisse la question ouverte :

> *Jadis Laïos reçut, je ne dis pas de Phébus*
> *mais de ses servants, un oracle*
> *comme quoi son destin serait d'être tué*
> *par le fils qui naîtrait de lui et de moi.*
> *(v. 711-714)*

1. Hésiode, *Théogonie*, v. 897, traduction de Jean-Louis Backès, « Folio classique », 2001.

L'histoire personnelle d'Œdipe est la suite des manœuvres entreprises pour échapper à la menace. Manœuvres vaines. Laïos donne l'ordre de tuer le nouveau-né. Il se contente en fait de le faire exposer dans un lieu sauvage. Il s'agit là d'une pratique assez répandue dans les vieilles histoires, et même dans la vie courante à l'époque classique, s'il faut en croire les intrigues que construisent les poètes comiques et, plus tard, les auteurs de ce que nous appelons « romans » grecs. Ces œuvres sont pleines d'enfants trouvés.

La manœuvre échoue, pour une raison tout à fait vraisemblable : le serviteur chargé du meurtre a pitié de l'enfant. Là encore, on pourrait évoquer des contes bien connus : Blanche-Neige *ou la seconde partie de* La Belle au bois dormant. *Et l'on trouverait sans peine, dans le trésor des contes, l'équivalent des épisodes qui suivent : adopté par un couple royal qui ne peut pas avoir d'enfants, Œdipe grandit dans l'ignorance de sa véritable origine ; mais un propos d'ivrogne lui inspire des doutes. Il va donc consulter l'oracle.*

La réponse qu'il obtient n'a pas exactement la même forme que celle qu'avait entendue son père. À Laïos, Apollon a parlé sur le mode hypothétique. Il lui a dit : « Si tu as un fils, ce fils te tuera. » Sophocle n'insiste pas sur cette particularité ; il suggère en tout cas que, lorsque l'oracle a été proclamé, Œdipe n'était pas même conçu. On pourrait imaginer que, comme Zeus dans l'histoire de Mètis, Laïos avait une échappatoire. Euripide, pour sa part, le suppose : dans le prologue de sa tragédie

Les Phéniciennes*, il dit que Laïos avait consulté l'oracle parce qu'il désespérait d'avoir des enfants. Le dieu lui avait répondu : « Si tu engendres un fils, il te tuera*[1]*. » Le mode hypothétique est ici nettement souligné ; Laïos, averti, peut choisir sa ligne de conduite. Euripide dit clairement, et crûment, que Laïos, ayant trop bu, a négligé de recourir à la contraception.*

L'existence de cette possible variante ne change rien à l'histoire d'Œdipe lui-même, qui est confronté, lui, à un oracle catégorique, et ne pourra pas y échapper : il tuera son père, il épousera sa mère. Aucun choix ne lui est laissé. Le malheur, le crime, la souillure ne dépendent plus d'une hypothèse. Œdipe ne peut que devenir un objet d'horreur. Et, paradoxalement, c'est ce nouvel oracle qui va permettre la réalisation de la prédiction initiale. On annonce au héros qu'il va tuer son père et épouser sa mère, mais on ne lui dit pas que son père et sa mère ne sont pas ceux qu'il suppose. Le silence du dieu sur ce point semble écarter tous les doutes qui avaient pu naître, et que les intéressés avaient vigoureusement démentis. L'ancrer dans sa croyance, c'est le pousser sur les routes, le dissuader de revenir, et en même temps le rassurer : si jamais il tue quelqu'un, ce ne sera pas son père ; s'il épouse une femme plus âgée que lui, ce ne sera pas sa mère. Il n'a pas cessé de croire que Polybe et Mérope, roi et reine de Corinthe, étaient véritablement ses parents.

1. Euripide, *Les Phéniciennes*, v. 19, traduction de Marie Delcourt-Curvers, dans *Tragiques grecs, Euripide*, « Bibliothèque de la Pléiade ».

Apollon s'appelle aussi Loxias ; et ce nom veut dire « l'Oblique ». Incontestablement, sa réponse a tout du piège. Œdipe le dira nettement lorsqu'il y verra clair :

> *C'est Apollon, Apollon, mes amis*
> *qui a fait ces malheurs, mes malheurs, mes souffrances.*
>
> *(v. 1329-1330)*

Une fois de plus, on ne voit pas pourquoi Apollon en voudrait à Œdipe. Tout se passe comme si le dieu était lié par sa première prédiction, par ce secret qu'il a révélé : il a mis Laïos en garde ; et l'autre a négligé cet avertissement ; il a engendré un fils ; il faut donc qu'il soit tué par ce fils. Pour obtenir ce résultat désormais nécessaire, une stratégie subtile est bienvenue. La stratégie réussit. Reçu comme un étranger dans la ville où il est né, se croyant lui-même étranger, Œdipe épouse la reine, qui se trouve alors veuve. Le roi est mort, et personne ne sait qui l'a tué.

L'enquête

La pièce commence avec la proclamation d'un troisième oracle. Celui-ci, malgré l'apparence, n'a pas un caractère absolu. Il ne serait pas impossible d'y échapper. En proie à la peste, la ville de Thèbes sollicite un avis. Le dieu indique un remède. Il n'est pas mauvais de se rappeler qu'Apollon est médecin ; ses deux activités tendent à se confondre. Ou plutôt elles s'exercent selon des formes analogues, même si les domaines d'application se trouvent le plus souvent distincts. Un médecin n'annonce pas à son patient qu'il sera tué par son fils ; mais il est vrai que, dans certains cas, un pronostic « fatal », comme on dit, ne se distingue pas, formellement, d'une prédiction ; certes, il repose sur un raisonnement, on peut en décrire le « pourquoi ». Mais il a le même caractère absolu, en ce sens qu'il annonce l'inévitable.

Ce n'est pas le cas lorsqu'il s'agit de proposer un traitement. On ne croit plus guère aujourd'hui qu'une épidémie puisse être causée par la présence d'un meurtrier – pire, d'un parricide – au foyer de l'infection. Il reste que l'oracle de Delphes, en suggérant cette explication, agit comme un médecin ; il porte un diagnostic, et en tire une conséquence : il faut écarter, tuer ou exiler le porteur de souillure. La réponse pourrait prendre la forme d'un système hypothétique : « Si tu veux guérir de la peste, chasse le meurtrier de Laïos. » Certes les Thébains souhaitent la fin du fléau, il serait étrange qu'ils veuillent le contraire ; on note pourtant que certains d'entre eux, à commencer par le devin Tirésias, hésiteront à faire ce que recommande le dieu. Le devin ne se montrera guère coopératif.

Œdipe, lui, va de l'avant. Il lance l'enquête. Cette enquête, dont la tragédie suit jusqu'au bout le déroulement, progresse avec une assez remarquable continuité. Ce n'est pas qu'elle soit systématique. Œdipe, en possession de la réponse de l'oracle, se contente de moyens simples : une proclamation solennelle invite le coupable à se révéler, et lui promet un châtiment mesuré ; en revanche les menaces les plus graves pèsent sur quiconque refuserait de fournir les informations qu'il se trouverait posséder ; par ailleurs on convoque le devin local, le célèbre Tirésias ; on convoque également le seul témoin connu du meurtre de Laïos. L'effet de ces mesures ne sera pas exactement celui qu'on pouvait en attendre. Personne ne se présente pour faire quelque révélation que ce soit. Tirésias, après avoir longtemps refusé de parler, formule soudain des accusations absolument incroyables, et ne fait par là que mettre Œdipe en rage. Quant au témoin, devenu berger, il n'apparaîtra que bien plus tard.

L'enquête, en fait, avance, mais par des détours inattendus. Ce qui reste remarquable, c'est que ces détours forment un cheminement continu, une manière d'itinéraire. Irrité par Tirésias, Œdipe se figure être en butte à un complot : le devin se serait, déclare-t-il, mis d'accord avec Créon, le frère de la reine, pour obtenir que lui, Œdipe, supposé coupable du meurtre de Laïos, soit écarté du pouvoir et chassé de la ville. On voit bien qui pourrait profiter de la situation. L'interprétation est délirante ; aucun début de preuve ne vient l'étayer. Elle provoque évidemment un heurt violent entre le roi et son beau-frère.

Si l'on s'en tient aux réalités concrètes, il n'existe aucune raison de soupçonner Créon. Mais Sophocle a pris soin de poser, de manière générale, la question de la rivalité pour le pouvoir. À Thèbes, on a déjà tué un roi. Ce pourrait être un précédent :

> *Celui qui tua Laïos pourrait bien*
> *vouloir me frapper du même bras.*
> *(v. 139-140)*

On remarque que la dispute entre Œdipe et Créon se déploie sur un plan très abstrait. Créon tente de montrer que le métier de roi, en général, est très dur. Il serait insensé, celui qui

> *aimerait mieux régner plein de craintes*
> *que dormir tranquille avec le même pouvoir.*
> *(v. 585-586)*

Œdipe répond par d'effroyables menaces. Jocaste entre alors. On est presque au milieu de la pièce et on a perdu de vue la question essentielle : qui a tué Laïos ? Une autre question occupe le premier plan : que faire des révélations ahurissantes de Tirésias ?

Par le biais de considérations générales sur le crédit qu'il convient d'accorder aux devins, on passe à un récit qui n'a guère de rapport avec l'affaire en cours : un oracle avait prédit à Laïos qu'il serait tué par son fils. Or il est tombé sous les coups de bandits de grand chemin, et son fils, à peine né, a été abandonné dans la montagne. Cet exemple montre bien que les oracles peuvent se tromper.

Le récit de Jocaste comporte un détail en apparence dépourvu de signification : le vieux roi a été assassiné « à une bifurcation de route » (v. 716). Et c'est justement la mention de ce détail qui va faire rebondir le questionnement. Le détail est inutile ; que Laïos ait été tué à un carrefour ou n'importe où ailleurs ne change rien à ce qui compte : l'oracle est en défaut.

Le jeu qui se joue est de pure rhétorique. Les interlocuteurs font la navette entre des considérations générales et des récits singuliers. Jocaste veut prouver qu'il n'est pas nécessaire de prendre trop au sérieux l'art divinatoire. Pour argumenter, il est bon de recourir à des exemples. Pour rendre ces exemples frappants, il n'est pas mauvais de les développer un peu, donc de donner des détails, fussent-ils sans importance pour la thèse à établir.

Or c'est un détail qui attire l'attention d'Œdipe : un souvenir lui revient ; autrefois, « à une bifurcation de route », il a frappé un vieil homme avec qui il avait eu une altercation banale. Il l'a tué. À son tour, en racontant cet incident, il donne des détails peut-être sans importance ; il explique pour quelle raison il se trouvait sur cette route, à cette bifurcation. Il raconte sa vie à la cour de Corinthe, les propos de l'ivrogne, l'accusation de bâtardise, la consultation de l'oracle.

Faut-il noter, en passant, que nos notions modernes de responsabilité sont tout à fait hors de propos en ce qui le concerne ? Il est objectivement parricide, il est objectivement porteur de souillure, il doit être tué ou chassé de sa ville. Quand il sera démasqué, l'idée ne lui viendra pas de demander l'acquittement au motif qu'il ignorait l'identité de celui qu'il a tué. Mais n'oublions pas non plus que dans ce monde-là la vindicte publique n'a pas la même forme que dans les sociétés modernes : un meurtre n'entraîne pas obligatoirement une action de la justice. Il donne le plus souvent lieu à négo-

*ciation avec les parents de la victime. On fixe le prix du sang. Comme le dit Ajax dans l'*Iliade[1] *:*

Pour le meurtre d'un frère
Ou d'un enfant mort on reçoit compensation.
Ayant payé largement, l'un reste dans la tribu ;
L'autre domine son cœur et sa noble colère,
Ayant reçu compensation.

Œdipe n'éprouve donc aucune gêne à raconter comment il a tué un voyageur au carrefour de trois routes. Son récit n'est pas exempt de complaisance : il se déploie largement. Et personne ne semble s'en offusquer. Personne n'exige que l'assassin abandonne la royauté, ni qu'il soit dessaisi de l'enquête qu'il a entreprise.

L'enquête se poursuit. On commence à entrevoir la possibilité de faire se rejoindre des éléments jusqu'alors dispersés. Personne ne le dit expressément, mais l'évidence s'impose : Laïos autrefois, plus récemment Œdipe, ont reçu du dieu des réponses analogues ; l'un serait tué par son fils ; l'autre devrait tuer son père.

C'est alors que se produit une rupture, la seule, dans la continuité de l'itinéraire qui devra mener à la vérité. Un messager vient de Corinthe pour apprendre à Œdipe la mort de son père. Aristote pourrait froncer le sourcil. Depuis le début de la pièce, tout s'était enchaîné selon la vraisemblance. Chaque événement – et tous ces événements sont liés à la parole – avait une cause. Pourquoi Œdipe

1. Chant IX, v. 632-636, traduction de Jean-Louis Backès, « Folio classique ».

a-t-il raconté cet oracle qui le menace, et dont il n'avait, semble-t-il, jamais parlé ? Son récit intervient non seulement « après » celui de Jocaste, mais « à cause » de lui. Il n'en va pas de même pour l'irruption du Corinthien, qui semble se produire par hasard. Pourquoi est-ce justement à ce moment-là que le personnage se manifeste ? C'est là le « coup de théâtre » dont parlait Aristote. Depuis le début de la pièce, on attend l'arrivée de celui qui a vu comment est mort Laïos. Son témoignage, s'il le maintient, devra disculper Œdipe : le vieux roi, selon lui, a été tué par une bande et non par un homme seul.

Depuis le récit d'Œdipe, on souhaiterait une réponse à la question posée : l'oracle qui le menace va-t-il se révéler dépourvu de sens, comme s'est révélé dépourvu de sens celui qui menaçait Laïos ? Le Corinthien vient justement apporter la preuve qui manque : Polybe est mort de vieillesse ; Œdipe, son fils, ou tout au moins celui qu'on croit tel – mais qui, alors, en doute ? –, n'est donc pas le parricide qu'avait annoncé l'oracle. Suffit-il de poser une question pour que la réponse soit apportée ? Cette rupture dans la continuité de la narration, ce hasard qui fait se rejoindre deux séries narratives étrangères l'une à l'autre, on en retrouve le caractère contingent dans deux coïncidences que recèle la biographie d'Œdipe. Ces coïncidences ne seront révélées que plus tard. La première intéresse le témoin du meurtre ; ce berger, fidèle serviteur, est aussi celui qui, longtemps avant, avait été chargé d'exposer le nouveau-né dans la montagne ; il l'a épargné. Il l'a remis à un autre berger, un Corinthien, avec qui il avait des relations de camaraderie. Et c'est juste-

ment ce nouveau personnage qui, après avoir fait don de l'enfant au couple royal, est chargé de venir à Thèbes annoncer la mort du roi Polybe. Deuxième coïncidence.

Le dialogue utilise ce nouvel élément. Pourquoi le Corinthien révélerait-il ce qu'il est peut-être seul à savoir, sinon parce qu'il voit dans quelle inquiétude se trouve toujours Œdipe ? Œdipe, certes, est désormais convaincu qu'il n'a pas tué son père, mais il est toujours sous le coup d'une autre menace : puisque sa mère est encore vivante, le danger d'inceste n'est pas écarté. Le messager est disposé à bien faire : pour rassurer Œdipe, il va lui apprendre qu'il n'est pas le fils de ceux qu'il croyait être ses parents. C'est réellement un enfant trouvé.

Cette intervention est motivée ; elle a lieu comme une suite vraisemblable de ce qui s'est dit précédemment, après les mots par lesquels Œdipe exprime son inquiétude, mais aussi à cause de ces mots. Ainsi se produit le « renversement ». C'est en croyant se rendre utile, en se persuadant qu'il agit pour le bonheur des autres, que le messager précipite la catastrophe.

Il est facile de poursuivre l'analyse, de montrer par quelles voies le dialogue conduit à la fin redoutée. Le ton a changé : c'est désormais la résolution d'Œdipe qui mène le jeu. Il pose des questions, exige des réponses, menace s'il l'estime nécessaire. Le vieux berger voudrait se taire. Il est contraint à parler, à révéler le dernier secret, que le spectateur connaît depuis le début, qu'il connaissait avant même de pénétrer dans le théâtre : Œdipe est le fils de Laïos. Ici la continuité est obtenue par la rigueur et la précision de l'interrogatoire. Plus de tirades. Les répliques sont brèves, n'occupent plus, pour la plupart, qu'un seul vers. La stichomythie domine.

Qu'est-ce que le Destin ?

Il n'est pas impossible de s'imaginer que le Destin est précisément cette rigueur de l'enchaînement, qu'elle se manifeste, au début, par des détours inattendus et de bizarres associations d'idées ou, vers la fin, par une terrifiante volonté de tout découvrir, qui a mené Aristote à choisir Œdipe roi *comme exemple de tragédie modèle. La pièce donne à voir à la fois une parfaite adéquation de son début à sa fin, qui lui confère une visible unité, et une continuité dans la progression, qui fait naître à chaque instant une impression d'implacable nécessité. Il ne s'agit plus ici de la nécessité aveugle, liée au caractère catégorique de la prédiction. La nécessité est celle d'un enchaînement de discours, de répliques, de raisonnements. Elle est de l'ordre de la logique.*

Et, de cette impression, la métaphore de la « machine infernale » rend assez bien compte. Cocteau parlait de « l'anéantissement mathématique d'un mortel ». Il y a bien quelque relation entre la mathématique et la logique ; et, en logique, notamment chez Aristote, le mot « nécessité » a un sens très précis et joue un rôle essentiel. Et pourtant on peut avoir des doutes. De quelle nature est cette nécessité ? Sans doute n'a-t-on pas eu besoin de parler de « machine » pour lire dans l'histoire d'Œdipe la manifestation d'un Destin. On a, de fait, prononcé le mot, on lui a accordé une majuscule, sans faire la moindre référence à la mise à feu d'explosifs sophistiqués. On a proclamé qu'Œdipe roi était une mise en scène de la Fatalité. Et on a peut-être eu tort.

Il ne serait pas inutile d'interroger sur ce point la tragédie que Sénèque, au Ier siècle de notre ère, à consacrée au personnage d'Œdipe. Tragédie brève, qui suit d'assez près celle de Sophocle, mais en modifie les proportions : plusieurs scènes semblent des résumés de celles qui leur correspondent dans la pièce grecque ; d'autres au contraire contiennent de longs développements qui amplifient sans mesure de minimes détails. La pièce a sans doute été lue, à l'époque classique, au moins autant que celle de Sophocle. Un détail le donne à entendre : et Corneille et Voltaire ont composé chacun un Œdipe ; le premier était au milieu de sa carrière, le second débutait. Tous deux ont ajouté, selon le goût de leur temps, une intrigue amoureuse à une histoire où elle n'a, pensons-nous, que faire. Mais tous deux ont, en gros, suivi le schéma qu'avait construit Sophocle. Tous deux ont conservé le personnage du berger qui a sauvé Œdipe nouveau-né et a, par ailleurs, assisté au meurtre de Laïos. Ce personnage est anonyme chez le poète grec. C'est Sénèque qui lui a imposé le nom de Phorbas ; Corneille et Voltaire suivent son exemple. C'est dans la pièce de Sénèque qu'on lit ces vers chantés par le chœur :

> Nous sommes menés par les destins ; cédez aux destins.

nos inquiétudes ne peuvent pas
changer le fil réglé sur le fuseau.
Ce que nous supportons, nous les mortels,
ce que nous faisons vient d'en haut. [...]
Toutes choses suivent un chemin déterminé ;
le premier jour produit le dernier ;
le dieu ne peut pas changer la direction
de ce qui est mu par ses propres causes.
(v. 980-990)

Malgré l'apparence, on est très loin de la pensée de Sophocle. On pourrait penser, cependant, que les « fata » *du latin, les paroles dites – le verbe* fare *signifie « dire » –, ne sont qu'une autre forme des prédictions dont il a été question plus haut. Il n'en est rien, pour une raison simple : ces prédictions étaient exceptionnelles, isolées, indépendantes les unes des autres. Or les* « fata » *règlent toutes choses ; ils sont supposés former système.*

En principe, tout devrait pouvoir faire l'objet de prédictions. On se persuade que les dieux savent tout. Et même on imagine qu'un devin expert, maître de toutes les techniques dont se compose son art, doit avoir une réponse à toutes les questions qui se posent à lui. La formule est banale ; on la trouve dans Homère. Le devin Calchas est

Le meilleur de ceux qui regardent les oiseaux,
Qui savent ce qui est, ce qui sera, ce qui fut[1].

Elle revient dans Œdipe roi *:*

1. *Iliade*, chant I, v. 69-70.

Toi qui sais tout, Tirésias, ce qui s'enseigne
et ce qui ne se dit pas, ce qui est du ciel et ce qui est de la terre...
(v. 300-301)

On peut avoir pourtant des doutes. Quand on examine l'un après l'autre tous les devins, illustres ou non, qui apparaissent chez Homère, on constate que leur savoir a des limites. Polyidos, pour ne prendre qu'un exemple, peut annoncer que son fils mourra chez lui de maladie, ou périra sous les coups des Troyens, donc, de toute façon, n'atteindra pas la vieillesse ; mais il n'en sait pas davantage[1]*. Lorsque Œdipe reproche à Tirésias de n'avoir rien su faire lorsque la Sphinx désolait Thèbes :*

Quand donc, dis-moi, as-tu été bon devin ?
Pourquoi quand la chienne chanteuse était là
n'as-tu rien trouvé pour délivrer les citoyens ?
(v. 390-392)

le devin semblera n'avoir rien à répondre. Il est clair, par ailleurs, que Zeus ne sait pas tout.

C'est que le savoir du devin n'est pas autre chose qu'une accumulation de prédictions. Chacune d'entre elles intéresse un individu, une cité, un peuple ; c'est pourquoi elle peut être isolée des autres. Il ne semble pas exister de plan général où chacune pourrait trouver sa place et sa fonction. Il est donc acceptable que les oracles hypothétiques puissent, sans dommage, ne pas se réaliser.

Au contraire, chez Sénèque, tout est prédéterminé.

1. *Iliade*, chant XIII, v. 665.

Le jeu des causes et des effets embrasse l'ensemble des réalités. La fatalité s'apparente au déterminisme absolu. Tout dépend du destin. Aucune initiative ne semble possible. « Céder au destin » ne signifie pas se résigner à agir selon une prescription reçue d'en haut ; « céder au destin » veut dire simplement renoncer à s'affliger. Car, quoi qu'on pense et quoi qu'on dise, on ne changera rien au cours des choses.

Certes les personnages d'Homère ou de Sophocle apprennent, eux aussi, à se résigner. Ils se laissent conduire par un dieu, soit qu'ils aient reçu un ordre clairement exprimé, soit qu'ils aient l'impression que vient d'ailleurs le sentiment, la fureur, l'ardeur qui les pousse, comme un bon vent pousse la voile. Mais chacun de ces mouvements intérieurs leur semble lié au caprice peut-être éphémère d'une divinité particulière.

Il peut arriver, il arrive souvent, qu'un personnage ou un groupe sente peser sur lui la volonté des dieux. La chose se dit simplement, au pluriel. Les dieux ont voulu le malheur d'un homme. C'est une manière de parler, aussi imprécise que les hyperboles grâce auxquelles le devin paraît « tout » savoir. « Les dieux m'ont en haine » (v. 1519), dit Œdipe. Par ce pluriel, il entend tous ceux qui, autour de Zeus, s'efforcent de maintenir, dans la justice, l'ordre du monde. Si l'on entreprenait d'en dresser la liste, on rencontrerait des exceptions. Dans la parodos *d'*Œdipe roi, *le chœur invoque ses protecteurs : Apollon, Athéna, Artémis ; il termine par Bacchus, divinité thébaine. Entretemps, il supplie Zeus de rejeter Arès. Et il demande à Bacchus d'agir, lui aussi,*

contre ce dieu
que les autres dieux n'honorent guère.
(v. 215-216)

*On se trouve ici dans l'atmosphère qui est celle de l'*Iliade*. Arès, guerrier brutal, est dieu, fils de Zeus et d'Héra. Il a le tort de se plaindre à son père : un mortel a osé le frapper. Il est mal reçu :*

Sinistre félon, ne reste pas là, près de moi, à gémir.
Tu es pour moi le plus odieux de ceux qui vivent sur l'Olympe.
Toujours tu aimes la discorde et les guerres et les combats[1].

On note que l'expression « les dieux » apparaît le plus souvent dans des formules toutes faites : « au nom des dieux », « je t'adjure par les dieux »... Dans le texte de Sénèque, le mot « dieu » apparaît au singulier. Il s'est trouvé un traducteur pour l'orner d'une majuscule[2]*. Un autre écrit tranquillement : « Jupiter*[3] *». Un troisième, sans doute distrait, propose : « les dieux*[4] *». Ces errements sont caractéristiques. Les philosophes grecs, et particulièrement les stoïciens, ont utilisé le personnage de Zeus pour envisager un monothéisme. L'expression au pluriel,*

1. *Iliade*, chant V, v. 889-891.
2. *Théâtre complet des Latins*, traduction de Pierre-Jean-Baptiste Choudard dit Desforges, Paris, Dubochet, 1844, t. III, p. 92.
3. Version en ligne sur Wikisource, sans indication d'origine.
4. Sénèque, *Tragédies*, traduction de Léon Herrmann, Les Belles Lettres, 1927, t. II, p. 41.

« les dieux », peut également servir à désigner la divinité unique que, plus tard, les écrivains et penseurs chrétiens auront tendance à considérer comme une préfiguration du seul Dieu qu'ils reconnaissent.

À l'époque classique, au XVIIe*, au* XVIIIe *siècle, dans les tragédies à sujet mythologique, il est rarissime que les dieux soient évoqués par leur nom propre, séparément les uns des autres. On dit, en général, « les dieux » ; on les considère comme un pouvoir unique, éventuellement maléfique. « Les dieux depuis un temps me sont cruels et sourds », dit Agamemnon dans l'*Iphigénie *de Racine. Le même poète, dans* Phèdre, *montre la douleur d'Aricie : « Par un triste regard elle accuse les dieux. » Cette foule indéterminée, innombrable et unanime, est nommée avec une grande fréquence dans l'*Œdipe *de Corneille comme dans celui de Voltaire. On lit par exemple dans le premier, sur les lèvres du héros : « Vous voyez où des dieux nous a réduits la haine », et dans le second – c'est Jocaste qui parle : « J'ai fait rougir les dieux qui m'ont forcée au crime. » Les innombrables occurrences du mot renvoient toujours, comme dans la* Phèdre *de Racine, à l'image d'êtres cruels, qui se font un plaisir de torturer, tous d'accord entre eux, les mortels sur lesquels ils ont une puissance absolue. Aussi est-il possible de les confondre avec un Destin implacable, voire féroce. Cocteau est bien dans la ligne de la tradition, de la tradition classique ; c'est pourquoi il parle des « dieux infernaux ». Tout ce monde païen tend à se transformer en Furies.*

Sophocle n'a guère insisté sur les conflits entre les dieux. Mais il ne semble pas non plus avoir conçu la menace qui pèse sur Œdipe comme l'effet d'une décision qui ferait l'unanimité des dieux et révélerait leur méchanceté. Il lui arrive de faire une allusion, pour nous assez obscure, à un « daïmôn », *qui n'est évidemment pas un démon au sens judéo-chrétien du terme, mais une force obscure, un personnage dépourvu de traits, qui exercerait une influence maléfique sur la vie d'un individu. Le mot est pratiquement intraduisible. Jean Grosjean, comme d'autres, s'est résigné à employer le mot « dieu ».*

> *N'aurait-on pas raison de penser*
> *que c'est là l'œuvre d'un dieu cruel ?*
> *(v. 828-829)*

Ce dieu, si c'en est un, n'a pas de nom. Et il agit seul.

Questions de vocabulaire

*La présence écrasante du Destin ou de la destinée dans les traductions d'*Œdipe roi *est sans doute un effet de l'interprétation classique. Une analyse rapide montre que le mot « destin » traduit des mots grecs très divers, et que, assez souvent, il ne correspond à rien dans l'original. Pour ne prendre qu'un exemple, Leconte de Lisle, dans sa traduction de l'*Œdipe roi, *utilise dix-sept fois le mot « destinée ». Dans sept cas, cet emploi ne correspond à aucun mot de l'original grec ; dans cinq cas, il renvoie à* « moïra » *; dans cinq autres, à* « tykhè ».

On pouvait lire, dans Théâtre des Grecs, *du*

père Brumoy, ouvrage qui a fait longtemps autorité : « Quant aux crimes involontaires d'Œdipe, Apollon les a prédits, et le destin les a ratifiés. Telle est la théologie payenne. Le destin inévitable est le grand pivot[1]*. » Que peut signifier l'expression : « le destin les a ratifiés » ? Sans doute : « les prédictions se sont réalisées ». Mais pourquoi recourir à une métaphore si recherchée ? On finirait par croire que le destin est une personne, une manière de magistrat, qui approuve les décisions d'un autre. Dûment instruits par ces formules imposantes, les traducteurs savent ce qu'ils doivent trouver dans le texte, même lorsque le texte ne dit rien. Le* Théâtre des Grecs *a une grande qualité : il ne propose pas seulement au lecteur des études et des réflexions ; il lui offre aussi, en traduction, le texte des tragédies. Le lecteur lit cette réplique de Jocaste à Œdipe : « Ah, prince déplorable... puisses-tu ignorer éternellement ta destinée ! » S'il recourt à l'original, il découvrira que rien n'y correspond au mot « prince ». Il verra surtout qu'il en va de même pour le mot « destinée ». Jean Grosjean, qui serre l'original d'aussi près qu'il est possible, écrit simplement : « Infortuné, puisses-tu ne jamais savoir qui tu es ! » (v. 1068).*

D'une manière générale, la traduction de Jean Grosjean a de grandes qualités. Les gens de théâtre disent qu'elle se met bien en bouche, qu'elle sonne parfaitement quand on la prononce devant un public. Son rythme est ample, souple ; le vers libre guide la

1. *Théâtre des Grecs*, par le R. P. Brumoy., *op. cit.*, t. III, p. 236.

voix. On est loin des proses pesantes, plus loin encore des vers réguliers, si facilement générateurs d'ennui. Contrairement à ce que pourraient attendre certains naïfs, cette traduction de poète est d'une remarquable précision. Or la tâche est difficile, et particulièrement quand il est question du destin. C'est que le vocabulaire du grec est foisonnant, riche de nuances presque insaisissables, et qui ne correspondent guère à celles que le français peut noter. Il est si simple de confondre « moïra » *et* « tykhè ». *Jean Grosjean ne se laisse pas toujours prendre au piège.*

Le mot « tykhè » *apparaît dans un passage particulièrement important. Œdipe vient d'apprendre qu'il n'est pas le fils du roi de Corinthe. Et il déclare :*

> *Moi, je m'estime l'enfant de la Fortune,*
> *de la Fortune généreuse et je n'en aurai pas honte.*
> *Oui, Fortune est la mère qui m'enfanta.*
> *(v. 1080-1082)*

Dans ce passage, les éditeurs modernes mettent une majuscule au mot « Tykhè » *; ils se rappellent que la notion a été allégorisée, qu'on en a fait une déesse, qu'elle avait des statues et des temples. La Fortune est généreuse.*

La réaction d'Œdipe peut étonner : lorsqu'il se croyait fils de Polybe, il s'estimait en mesure d'échapper à la prédiction ; il savait qui était son père ; il savait qu'il devait éviter de le tuer. À partir du moment où son origine devient pour lui obscure, il devrait se sentir exposé à un grand danger. Il devrait avoir peur. Au contraire, il triomphe ; il fait le fanfaron. Réflexe de défense. De la même façon, face aux révélations de Tirésias, il s'est rebiffé et a imaginé certaine histoire de complot. Ici, Jocaste le supplie de ne pas poursuivre son enquête. A-t-elle deviné la vérité ? Depuis quand ? Est-elle sur le point de la lui révéler ? Il veut alors se persuader, pour la faire taire, qu'elle est vexée d'avoir été mariée à un homme de rien, à un va-nu-pieds, à un « fils de la Fortune ». Il revendique cette appellation. Il en tire gloire.

La « tykhè *» est, tout simplement, ce qui arrive, ce qui aurait aussi bien pu ne pas arriver. Aristote dirait : le contingent. Nous dirions : ce qui arrive par hasard. Mais le mot « hasard » n'a pas vraiment d'équivalent en grec. La «* tykhè *» serait le contraire de l'*Anankè, *de la nécessité. Rien ne la contraint à se produire. Au détour d'un vers, Sophocle fait du mot un usage étrange, parfaitement intraduisible. Polybe est mort «* pros tès tykhès *». Il n'est pas question de traduire : « par l'effet du hasard » ; cela n'aurait aucun sens. Le vers oppose cette expression à « et non par lui », entendez : « et non du fait d'Œdipe ». Il faut comprendre : Polybe n'est pas mort par suite de la prédiction ; il est mort comme cela ; tout simplement, comme on meurt. Jean Grosjean traduit :*

> *Cet homme qu'Œdipe depuis si longtemps*
> *fuyait par crainte de le tuer, le voilà donc mort*
> *de sa belle mort et non de la main d'Œdipe.*
> *(v. 947-949)*

La « tykhè *» ressemble à notre « chance*[1] *». Il est dommage que le français ait pratiquement perdu le*

1. Jean Grosjean utilise plusieurs fois cette possibilité d'équivalence : v. 52, 80, 443.

mot « heur ». Il y a une bonne « tykhè », une mauvaise « tykhè » ; un bonheur et un malheur. Tout cela est imprévisible, capricieux, comme la Fortune.

La « moïra » est la part de chacun, sa part d'existence. A-t-elle été fixée ? La notion de « moïra », elle aussi, a connu l'allégorisation. Les « Moïraï » sont trois sœurs, qui filent ; il est peut-être imprudent de les confondre trop vite avec les Parques latines. De toute façon, le vrai souci des hommes est d'obtenir une réponse à la question de savoir ce qu'elles filent, quelle est la longueur du fil de vie qu'elles ont prévu pour chacun, à supposer qu'elles l'aient réellement prévu. Soit dit en passant, le Destin, chez les poètes grecs, n'a jamais donné lieu à figuration allégorique.

La question doit être posée à un oracle ou à un devin. Le consultant recevra quelques précisions ; mais il est exceptionnel qu'on lui dise à la fois le lieu de sa mort, la date et la manière dont il mourra. Tirésias, devin très savant, peut affirmer que sa « moïra » n'est pas de mourir de la main d'Œdipe. Il se protège ainsi contre la menace : « Tel n'est pas mon destin de tomber sous tes coups » (v. 376).

Une prédiction ne sera vraiment complète, vraiment incontestable, que lorsqu'elle se sera réalisée. Est-il raisonnable, en attendant, d'y ajouter foi ? C'est clairement le doute qu'exprime Jocaste, qui prend pourtant la précaution d'établir une distance entre le dieu et ses servants. Un devin, un prêtre pourraient se tromper, voire mentir. Œdipe, lui aussi, semble tout prêt à admettre cette hypothèse ; aussi s'en prend-il à Tirésias. Il se pose alors une question pratique : faut-il vivre dans l'obsession de ce qui a été prédit ? faut-il n'en pas tenir compte ?

Que pourrait craindre un homme ? La destinée
le mène, rien ne lui est prévisible.
Le mieux est de vivre au hasard, comme on peut.
(977-979)

Jocaste ajoute (c'est à son mari qu'elle parle, à son mari qui est aussi son fils) :

Et ne sois pas dans la crainte d'épouser ta mère ;
bien des humains ont déjà rêvé
qu'ils s'unissaient à leur mère. N'en pas tenir compte
rend la vie plus facile à porter.
(v. 980-983)

On pourrait regretter que Jean Grosjean ait choisi le mot « destinée » pour traduire le mot grec qui est ici « tykhè *». Le sens est clair ; on oppose deux perceptions de l'existence. Dans l'une, la vie se déroule au jour le jour, sans qu'il soit possible de saisir une logique ; c'est, si l'on veut, le monde où « ceci se produit* après *cela ». Dans l'autre vision, il y a du prévisible, une prédiction est possible, parce que c'est le monde où « ceci se produit* à cause *de cela ». Bien entendu, il s'agit du même monde. Une même suite d'événements sera vue par l'un comme incohérente, capricieuse, effet de la «* tykhè *» ; un autre y percevra une nécessité, une «* moïra *».*

On dirait qu'Œdipe, ce redoutable déchiffreur d'énigmes, qui n'est pas pour autant un devin de profession, vit dans le monde de la « tykhè *», de la fortune, de la chance. Sur ce point, sa mère-épouse est sa complice : ils semblent s'entendre parfaite-*

ment. Le « renversement » les plonge dans le monde de la « moïra *».*

Le tragique

Les devins ne savent pas tout ; ils peuvent se tromper. Le dieu ne dit pas tout ; il ne peut pas se tromper. Il faut avoir foi dans les paroles du dieu, mêmes si elles promettent de l'horrible.

Revenons à Aristote. L'histoire d'Œdipe est une histoire horrible. C'est pourquoi elle convient parfaitement à la tragédie. Elle comporte « reconnaissance » et « coup de théâtre ». On y trouve aussi un troisième élément, « l'effet violent » : « On a déjà parlé du coup de théâtre et de la reconnaissance ; quant à l'effet violent, c'est une action causant destruction ou douleur, par exemple les meurtres accomplis sur scène, les grandes douleurs, les blessures et toutes choses du même genre[1]*. » Le mot grec est «* pathos *». Il a été adopté par la langue française, mais, eu égard au sens qu'elle lui donne aujourd'hui, il vaut mieux le paraphraser que de le transcrire simplement. Ce n'est pas de voix chevrotantes qu'il est question, mais de spectacles affreux, d'yeux crevés, par exemple.*

La reconnaissance s'est faite par des moyens respectables. Sur les pieds d'Œdipe on voit d'affreuses cicatrices ; ce sont elles qui lui ont donné son nom :

1. Aristote, *La Poétique*, 52b, *op. cit.*, p. 73. – D'autres rendent le mot « *pathos* » par « le pathétique » (Barbara Gernez) ou « l'événement pathétique » (Jean Hardy). Dacier disait simplement : « la passion ».

*il est « l'homme aux-pieds-gonflés » ; il souffre d'un œdème perpétuel. Un mauvais poète se serait précipité sur cet indice. Sophocle l'a négligé. La « reconnaissance par les signes distinctifs » est, dit Aristote, « étrangère à l'art poétique ». Il existe bien d'autres espèces de reconnaissance : « La meilleure est celle qui résulte des faits eux-mêmes : le choc de la surprise se produit selon les voies du vraisemblable – exemple : dans l'*Œdipe *de Sophocle*[1]. »

*Rappelons-le : dans l'*Œdipe roi*, la reconnaissance est particulièrement belle parce qu'elle s'accompagne d'un coup de théâtre. Cet aspect formel de l'analyse aristotélicienne ne doit pas faire oublier « cette éloquente et curieuse description de la manière dont ce malheureux prince se crève les yeux et le spectacle de ces mêmes yeux crevés, dont le sang lui distille sur le visage*[2] *». On s'est demandé, vainement sans doute, si ce sinistre détail était de l'invention de Sophocle. Que se passait-il dans la tragédie qu'Eschyle avait consacrée à « ce malheureux prince » et dont nous ne savons rien, sinon qu'elle formait trilogie avec un* Laïos, *également perdu, et* Les Sept contre Thèbes *? Les témoignages antérieurs ne sont pas plus explicites.*

*Car on parle d'Œdipe depuis fort longtemps. Il est question dans l'*Iliade *d'un dénommé Euryalos,*

> *qui vint jadis à Thèbes pour les funérailles*
> *d'Œdipe mort à grand bruit*[3].

1. *Ibid.*, 54b, p. 89.
2. Corneille, *Œdipe*, « Au lecteur ».
3. *Iliade*, chant XXIII, v. 679-680.

On peut comprendre qu'Œdipe est mort dans une bataille. Rien n'est bien clair. En tout cas, il ne semble pas avoir été exilé, contrairement à la variante retenue par Sophocle. On ne comprend pas beaucoup mieux la mention de son nom chez Hésiode ; des héros sont morts,

La guerre méchante
et la bataille affreuse
en ont tué certains sous Thèbes
aux sept portes, terre de Cadmos,
les faisant se battre
pour les moutons d'Œdipe[1] *[...].*

*Le personnage, probablement un personnage réel, a en tout cas laissé un fort souvenir. Si l'on peut se fier aux généalogies que se transmettent les aèdes, il a vécu à une époque ancienne, deux générations avant la guerre de Troie. Il semble avoir été riche, puissant, et malheureux. Un fragment d'Hésiode le dit « accablé de douleurs ». Et surtout quelques vers de l'*Odyssée *font le portrait de sa mère, qui fut aussi sa femme :*

Je vis, mère d'Œdipe, Épicaste la belle,
qui commit une action monstrueuse sans le savoir,
en épousant son fils ; lui, ayant fait périr son père,
l'épousa ; mais bientôt les dieux en instruisaient le monde.
Alors, dans les tourments, à Thèbes la charmante
il dut régner par le décret fatal des dieux ;
sa mère descendit dans la forte prison d'Hadès

1. Hésiode, *Les Travaux et les Jours*, v. 161-163, dans Hésiode, *Théogonie*, traduction de J.-L. B., *op. cit.*

quand elle eut attaché l'abrupt lacet au plafond haut,
accablée de chagrin. Pour tout héritage, son fils
eut les tourments sans fin que déchaînent les Érinyes[1].

Cette variante de la légende diffère sur plus d'un point de celle que Sophocle a retenue, ou lui-même fabriquée. Le plus étrange est peut-être ceci : Jocaste, ici appelée Épicaste, ne savait pas qui elle épousait ; mais Œdipe, lui, semble en avoir été parfaitement conscient. On devine un lien de causalité entre le parricide et l'inceste, comme si c'était pour épouser sa mère que le héros avait tué son père. Quant au « décret » des dieux, décret funeste plutôt que « fatal », il impose au meurtrier de continuer à régner, peut-être comme punition, et non pas de commettre ses forfaits. Quoi qu'il en soit de ce texte déconcertant, il témoigne clairement d'un fait : l'histoire d'Œdipe est l'histoire d'une horreur. Cette histoire fournit un excellent sujet de tragédie, en permettant des « effets violents ».

L'analyse menée en termes aristotéliciens aboutit à une conclusion inquiétante : le héros se révèle être un monstre. C'est un héros ; il est parvenu à exterminer un monstre, cette Sphinx qui semait la mort dans la population thébaine. On peut le comparer à Héraklès, qui met à mal le lion de Némée, à Thésée, qui triomphe du Minotaure, à Méléagre, qui débarrasse la ville de Calydon d'un redoutable sanglier. Il est de ceux qui établissent l'ordre dans le monde, justement parce qu'ils exterminent les fauteurs de

1. *Odyssée*, chant XI, v. 271-280, traduction de Philippe Jaccottet, Le Club français du livre, 1955.

trouble, fauteurs de trouble qui sont eux-mêmes des monstres, des erreurs de la nature.

Comme d'autres héros, il est aussi capable de faire du mal : Héraklès tue sa femme et ses enfants ; Thésée est cause de la mort de son père, et aussi de celle de son fils. Mais le mal qu'engendre Œdipe prend une forme terrible, parce qu'il entraîne une souillure particulièrement forte. Sophocle, contrairement à bien d'autres, conclut à la nécessité de l'exil.

L'exil ne suffit pas. Œdipe, dans un geste dont le symbolisme est fortement souligné, se crève lui-même les yeux. Il va au-delà de ce qu'on pouvait exiger de lui :

> *C'est Apollon, Apollon, mes amis*
> *qui a fait ces malheurs, mes malheurs, mes souffrances.*
> *Mais personne n'a frappé de sa main mes yeux*
> *que moi-même, misère !*
>
> *(v. 1329-1332)*

Il a enfin compris qui il est. Il est celui qui a introduit le désordre dans le monde. Dans sa lamentation ultime, il rappelle tout ce qui le souille : le parricide, l'inceste. Il insiste particulièrement sur un point : l'ordre des générations est perturbé ; ses fils sont ses frères, ses filles sont ses sœurs : « On voit maintenant que je suis coupable, fils de coupables » (vers 1397). On pourrait traduire : « Méchant, fils de méchants ». Œdipe y revient :

> *Mais je suis un impie et un fils d'impies*
> *et le père des enfants de ma mère.*
>
> *(v. 1360-1361)*

Œdipe aurait-il pu ne pas être le monstre que la vie a fait de lui ? Ses parents ont-ils une part de responsabilité dans ses crimes à lui, « crimes involontaires », s'il faut en croire le père Brumoy ? Divers mythographes ont attribué à Laïos un acte de pédophilie, dont la victime était Chrysippe, fils de Pélops. Ce crime serait à l'origine d'une malédiction divine, qui aurait poursuivi toute la famille, jusqu'aux frères ennemis, Étéocle et Polynice. Sophocle ne semble rien savoir, ou ne rien vouloir savoir, de cette histoire. Le crime de Laïos serait-il une impiété ? L'interprétation n'est pas impossible. Laïos a traité avec désinvolture l'avertissement que lui avait donné le dieu. Œdipe est le résultat de cette faute. Il est né impie, méchant, et il ne le sait pas.

Il aura, par la suite, une chance inouïe. Il échappe à la mort ; il est adopté par un roi. Parti à l'aventure, il tue un monstre, est accueilli en libérateur par la ville qui en a souffert. On lui offre le lit de la reine. Il a de beaux enfants. Sera-t-il un jour à la fois roi de Thèbes et de Corinthe ? Mais le secret qu'avait révélé Apollon ne peut pas ne pas produire ses effets. La nécessité l'impose. Longtemps après, le héros comprend qui est celui qu'il a tué, qui est celle qu'il a fécondée. Du coup, il comprend qui il a été, qui il est encore.

Dans la tragédie grecque, en général, il arrive au chœur d'exprimer des idées simples, un peu naïves, un peu banales. Œdipe roi *se termine sur une formule qu'on rencontre bien souvent ailleurs :*

> On ne doit estimer heureux aucun mortel
> avant de voir son dernier jour et qu'il ait atteint
> le terme de sa vie sans subir de souffrance.
> (v. 1528-1530)

On pourrait dire, en d'autres termes : dans la vie d'un homme, un renversement est toujours possible.

Mais il est une autre remarque du chœur qui mérite attention. C'est à un moment de relative accalmie, avant que ne se manifeste le messager de Corinthe. Jocaste et son fils-mari semblent d'accord pour admettre qu'il ne faut pas attribuer aux oracles trop d'importance. Le chœur prend alors ses distances par rapport aux grands de ce monde, ou tout au moins à certains d'entre eux, ceux qui ont « le geste et le verbe hauts » (vers 884). Les hommes qui forment le chœur souhaitent continuer à vivre dans une vertueuse simplicité, loin de ceux qui pratiquent l'impiété. Et soudain ils se déclarent prêts à ne plus fréquenter les temples, ni celui de Delphes, ni celui d'Olympie

> car on abroge, on abolit
> les prophéties faites au vieux Laïos.
> Les honneurs d'Apollon disparaissent.
> Tout le divin s'en va.
> (v. 907-910)

Faut-il entendre qu'Œdipe, en exprimant quelques doutes, s'est rendu coupable d'impiété, comme son père ?

Nous avons aujourd'hui du mal à comprendre ce qu'il en est des oracles. La divination existe toujours ; on consulte les astrologues et les cartomanciennes ; mais il est de bon ton de s'en moquer. À l'époque de Sophocle, elle avait un caractère officiel. Des cités envoyaient des ambassades à Delphes pour consulter le dieu. Il suffit, pour s'en persuader, de lire Hérodote ou Thucydide. L'un est confiant ; l'autre sceptique. Tous deux évoquent des faits réels. La cité d'Athènes a consulté Apollon au moment de l'invasion perse, et aussi au moment de la terrible peste. Plus tard, voulant montrer que Socrate son maître n'était pas l'impie qu'on a dit, Xénophon rappelle tout d'abord qu'il faisait confiance à la divination.

Sophocle, en général, respecte les traditions. Il serait absurde, en lui imposant une étiquette empruntée au vocabulaire politique contemporain, de le qualifier de conservateur ou de réactionnaire. On peut se contenter de rappeler qu'il a fait dire, par son Antigone, le prix qu'il attachait aux lois non écrites, car elles sont de toujours. On perdrait son temps à prétendre qu'il a composé Œdipe roi pour appeler ses contemporains à respecter la voix des dieux dans les oracles. Mais il semble vraisemblable que, s'étant proposé le sujet d'Œdipe, sujet éminemment tragique, il a pris garde à ce motif de l'oracle, annonçant ainsi la réflexion sur le destin développée, un siècle plus tard, par l'école stoïcienne.

*

L'Œdipe roi de Sophocle ne met pas vraiment en œuvre une machine infernale, calculée par des dieux hostiles « pour l'anéantissement mathématique d'un mortel », comme l'écrit Cocteau. La pièce *de Cocteau a frappé les esprits. On a pu se persuader qu'elle contribuait à ressusciter la tragédie, la tragédie antique. D'autres pièces, à la même époque – l'*Électre *de Giraudoux, par exemple, ou, un peu plus tard,* Les Mouches *de Sartre –, ont renforcé cette impression. C'est dans cette atmosphère qu'un critique a pu écrire : «* Le Voyageur sans bagage *s'inspire visiblement d'*Œdipe roi *: c'est le même mouvement, la même angoisse grandissante et cette lutte de l'homme contre un passé qui l'étreint et l'accable*[1]*. » Dans la pièce d'Anouilh, il n'est question ni de destin, ni de dieux infernaux. Mais, que l'auteur se soit ou non « inspiré » de Sophocle, il est de fait que son intrigue s'organise autour d'une « reconnaissance » : M*[me] *Renaud s'est persuadée qu'un amnésique échoué dans un hôpital à la suite de la guerre est son fils Jacques ; toute la famille partage cette idée, qui se révèle exacte. Chacun, plein de bonne volonté, s'attache à raviver la mémoire du pauvre Gaston, à lui raconter en détail son enfance et son adolescence. Les « coups de théâtre » se multiplient : car chacun des récits, au lieu de réjouir le malade, le remplit d'horreur pour le triste sire qu'il a été avant sa blessure.*

On peut se livrer à des comparaisons. Jacques, autrefois, couchait avec sa belle-sœur ; il n'a tué personne, mais il a causé volontairement la chute qui a laissé son meilleur ami à jamais paralysé. Il ne se crève pas les yeux, mais il brise le miroir dans

1. Pierre Audiat, cité par Bernard Beugnot dans son édition de Jean Anouilh, *Le Voyageur sans bagage*, « Folio théâtre », 2007, p. 13.

lequel il a vu la preuve de son origine : une très légère cicatrice qui est restée un secret entre sa maîtresse et lui. Ces détails ont leur valeur. Mais l'essentiel n'est pas là. L'essentiel est dans le « renversement ». L'homme, longtemps en paix avec sa conscience, découvre soudain qu'il a été un monstre.

Anouilh écrit un drame bourgeois. Il peut se permettre de ménager un dénouement relativement heureux. La tragédie n'est pourtant pas loin. Non pas la tragédie en soi, qu'on serait bien en peine de définir. Mais la tragédie telle que l'a perçue Sophocle, dans cette œuvre à tous égards singulière.

JEAN-LOUIS BACKÈS

ŒDIPE ROI

PLAN DE LA TRAGÉDIE*

*Prologue** — *a*) Œdipe – le Prêtre – les Suppliants
b) les mêmes + Créon
v. 1-150.

Entrée du chœur (parodos*) : v. 151-215.

*1er épisode**. — Œdipe – Tirésias : v. 216-462.

Intermède choral (1er stasimon*) : v. 463-511.

2e épisode. — *a*) Créon – Œdipe
b) les mêmes + Jocaste (avec *kommos**)
c) Jocaste – Œdipe (« double confidence »)
v. 512-862.

Intermède choral (2e stasimon) : v. 863-910.

3e épisode. — *a*) Jocaste, le Corinthien puis Œdipe : v. 911-1085.
b) *Intermède choral* (hyporchème*) : v. 1086-1109.
c) Œdipe, le Corinthien et le berger de Laïos : v. 1110-1185.

Intermède choral (3e stasimon) : v. 1186-1221.

*Exodos**. — *a*) le domestique
b) Œdipe
c) + Créon – Antigone et les mêmes
v. 1222-1530.

* Les vers de la traduction sont numérotés selon le texte original grec. On ne s'étonnera donc pas qu'ils soient numérotés de cinq en cinq même lorsqu'il y a plus, ou moins, de cinq vers entre deux numéros. — Les astérisques renvoient au lexique, p. 204.

PERSONNAGES

ŒDIPE, *roi de Thèbes.*
JOCASTE, *sa femme.*
CRÉON, *frère de Jocaste.*
LE PRÊTRE *de Zeus.*
Le devin TIRÉSIAS.
LE MESSAGER *de Corinthe.*
LE SERVITEUR *de Laïos.*
LE DOMESTIQUE *du palais (second messager).*
LE CHŒUR DES VIEILLARDS THÉBAINS.

Antigone et Ismène, filles d'Œdipe *(enfants, personnages muets).*
Les suppliants *(figurants).*

La scène est à Thèbes devant le palais royal.

PROLOGUE[1]

ŒDIPE

Mes enfants, jeunes surgeons de l'antique Cad-
[mos[2],
pourquoi vous tenez-vous ainsi devant moi
sous cette couronne de rameaux suppliants[3] ?
Et la ville est pleine d'encens,
pleine de péans* et de lamentations.
Je n'ai pas voulu le savoir par d'autres,
je suis venu moi-même, mes enfants,
moi que tous nomment l'illustre Œdipe[4].
À toi, vieillard, de parler en leur nom ;
réponds-moi, pourquoi vous tenir ainsi ?
quelle frayeur, quel désir ? Je voudrais
vous aider en tout. Je serais bien dur
si je n'avais pitié de vous quand vous vous tenez
[ainsi.

LE PRÊTRE

Œdipe[5], souverain de mon pays, tu vois l'âge

de ceux qui se prosternent devant tes autels :
les uns n'ont pas encore la force de voler loin,
les autres sont appesantis de vieillesse[1].
Je suis prêtre de Zeus, ils sont l'élite des jeunes.
Le reste du peuple[2] est assis couronné de ra-
[meaux
sur les places ou devant les deux temples de Pallas
ou près de la cendre prophétique d'Isménos[3].
La ville, tu le vois, est trop secouée,
elle ne peut plus relever la tête,
elle s'enfonce sous le flot meurtrier ;
les fruits du sol périssent en germe,
les bœufs périssent au pré et les enfants
dans le sein des femmes. La plus odieuse déesse,
la Peste porte-feu, s'est jetée sur la ville ;
elle la talonne, elle vide la maison de Cadmos[4].
Le noir Hadès s'enrichit de nos pleurs et de nos
[plaintes.
Certes, ni moi ni ces enfants assis devant tes
[foyers
ne t'égalons aux dieux mais nous te considérons
comme le premier des hommes face aux peines
[de la vie,
face aux interventions divines[5].
Tu es venu délivrer la cité cadméenne
du tribut qu'elle payait à l'inflexible chanteuse[6].
Nous ne t'avions ni instruit ni renseigné,
c'est à l'aide d'un dieu, on le dit comme on le
[pense,
que tu nous as redonné de vivre.
Maintenant, très puissant, très cher Œdipe,
tous prosternés nous t'en supplions,

trouve-nous un remède, qu'importe que te l'en- [seigne
un oracle divin ou un simple mortel,
car je sais que souvent sont efficaces aussi
les conseils des hommes d'expérience.
Ah ! très excellent, rétablis cette ville,
ah ! fais attention : le pays t'appelle maintenant
son sauveur à cause de tes services passés,
mais puissions-nous ne jamais avoir souvenir
que ton règne nous aurait rétablis pour une [rechute ;
redonne à notre ville une vraie sécurité.
Toi qui par bonheur nous rendis notre chance,
sois aujourd'hui égal à toi-même.
Puisque tu dois régner encore sur ce pays
mieux vaut le gouverner peuplé que vide.
Un rempart, un navire ne sont rien
sans hommes, sans personne dedans[1].

ŒDIPE[2]

Pauvres enfants, je sais, je n'ignore pas
ce que vous venez implorer. Je sais combien
vous souffrez tous, nous souffrons tous
et pas un de vous ne souffre autant que moi.
Chacun de vous n'a de douleur que pour soi- [même
et pour nul autre, mais moi, mon âme gémit
sur moi et sur vous et sur toute la ville.
Vous ne me réveillez pas au milieu du sommeil :
sachez que j'ai beaucoup pleuré déjà,
que mon esprit a fait du chemin de tous côtés.
Le seul remède qu'à bien réfléchir j'aie trouvé,

je l'ai tenté : j'ai envoyé Créon,
mon beau-frère, fils de Ménécée,
chez Phébus dans son fief de Pythô pour savoir
que dire ou que faire qui délivre la ville.
Et même, à calculer le temps, aujourd'hui
je m'inquiète de ce qu'il fait : il est absent
depuis plus longtemps qu'il ne devrait[1].
Mais qu'il arrive et je serais alors bien coupable
de ne pas faire tout ce qu'aura déclaré le dieu.

LE PRÊTRE

Tu parles fort à propos car ceux-ci justement
me font signe que Créon est en train d'arriver[2].

ŒDIPE

Seigneur Apollon ! s'il venait avec autant de [chance
de salut qu'il a de lumière sur le visage !

LE PRÊTRE

Certes il semble joyeux ; il ne s'avancerait pas
la tête ainsi couronnée d'un laurier en fruit[3].

ŒDIPE

Nous le saurons vite, il est à portée de voix.

Entre Créon.

Prince mon parent, fils de Ménécée,
quelle parole du dieu nous apportes-tu ?

CRÉON

Excellente ; et je prétends que les difficultés

devienner des chances quand elles tournent [bien.

ŒDIPE

Mais quel est l'oracle ? je ne suis pour l'instant
pas plus rassuré qu'effrayé par tes paroles.

CRÉON

Si tu veux m'entendre en présence de ceux-ci
je suis prêt à parler, ou alors rentrons[1].

ŒDIPE

Parle devant tous. J'ai plus souci
de leur deuil que de ma propre vie.

CRÉON

Alors voici ce que m'a répondu le dieu.
Le seigneur Phébus commande expressément
d'extirper de ce sol la souillure qu'il nourrit,
de peur qu'accrue elle ne soit sans remède.

ŒDIPE

Quel est ce mal et comment s'en purger ?

CRÉON

Par l'exil ou la mort du meurtrier,
car c'est le sang versé qui tourmente la ville.

ŒDIPE

De qui le dieu rappelle-t-il la mort ?

CRÉON

Laïos régnait jadis sur ce pays,
ô prince, avant que tu nous gouvernes.

ŒDIPE

Je l'ai entendu dire, je ne l'ai pas vu de mes yeux[1].

CRÉON

Le dieu ordonne de venger sa mort
en punissant ses assassins.

ŒDIPE

Mais où sont-ils ? où retrouver
l'indiscernable trace d'un crime ancien[2] ?

CRÉON

Il dit : sur notre territoire. Ce qu'on cherche
on le trouve, ce qu'on néglige échappe[3].

ŒDIPE

Est-ce à la maison ou aux champs
ou à l'étranger que fut tué Laïos ?

CRÉON

Il partit consulter, disait-il, l'oracle[4],
et n'est jamais revenu à sa demeure quittée.

ŒDIPE

N'y avait-il aucun messager, aucun compagnon [de route
qui ait vu et dont on ait pu savoir quelque chose ?

CRÉON

Ils sont tous morts sauf un[1] qui s'est enfui de peur
et n'a su nous dire qu'une des choses qu'il avait
[vues.

ŒDIPE

Laquelle ? une seule en ferait découvrir bien
[d'autres
si nous avions ce faible commencement d'espoir.

CRÉON

Il disait que des brigands avaient assailli Laïos
qui ne fut pas tué par un homme mais par plu-
[sieurs[2].

ŒDIPE

Comment des brigands auraient-ils osé si le coup
n'avait été ici ourdi à prix d'argent[3] ?

CRÉON

On le pensa, mais, une fois Laïos mort,
personne dans nos malheurs ne se fit son ven-
[geur.

ŒDIPE

Quand une royauté tombait ainsi, quels malheurs
pouvaient empêcher d'éclaircir à fond l'affaire ?

CRÉON

La Sphinx avec ses chants artificieux nous obli-
[gea
à regarder devant nous sans sonder de mystères[4].

ŒDIPE[1]

Moi, j'éclaircirai tout depuis le début.
Il est digne de Phébus, et digne de toi,
de vous être préoccupés du mort.
Vous me verrez, comme de juste, vous aider
et venger à la fois ce pays et le dieu.
Ce n'est pas pour de lointains amis,
mais pour moi-même que je veux ôter cette tache.
Celui qui tua Laïos pourrait bien
vouloir me frapper du même bras.
Être utile à Laïos c'est m'être utile à moi.
Vite, mes enfants, levez-vous de ces marches,
emportez ces rameaux suppliants.
Que quelqu'un rassemble le peuple de Cadmos[2].
Je tenterai tout. On nous verra
réussir grâce au dieu ou succomber.

Sortent Œdipe et Créon.

LE PRÊTRE

Relevons-nous, mes enfants. Il nous promet
ce que nous venions demander.
Que Phébus qui nous a dépêché ses oracles
vienne en sauveur mettre fin à ce mal.

Tous sortent.
Entre le chœur des vieillards.

PARODOS[1]

LE CHŒUR

Strophe* I.

Quelle es-tu, chère parole de Zeus[2],
toi qui viens de l'éclatante Pythô
à notre illustre Thèbes ?

La peur me distend le cœur,
je palpite d'effroi.
Ô guérisseur, ô Délien, ô Péan[3],

je tremble de ce que tu vas vouloir
tout de suite
ou au retour des saisons[4].

Dis-le-moi, fille de l'Espérance d'or,
parole immortelle[5].

Antistrophe* I.

Fille de Zeus, je t'invoque la première,
immortelle Athéna. J'invoque aussi
ta sœur maîtresse de ce pays,

Artémis qui siège sur la place
sur un glorieux trône rond[6],
et aussi Phébus qui lance ses traits, ioh !

Paraissez tous trois qui chassez la mort[7].
Si jadis
quand un fléau menaçait la ville[8]

vous avez expulsé le feu du malheur
revenez maintenant.

Strophe II[1].

Dieux ! que de peines je porte !
Tout le peuple est malade.
J'ai l'esprit désarmé,

sans défense. Les fruits de ce sol illustre
ne mûrissent plus. Les femmes

ne se délivrent plus de leurs douleurs, n'enfantent plus.
On voit tour à tour comme d'agiles oiseaux

chacun se ruer, plus indomptable que le feu
aux rives du dieu occidental.

Antistrophe II.

La ville périt de tant de pertes
sans même pleurer ceux qui gisent au sol,
sans pitié pour ses morts contagieux.

De toute part, jeunes épouses et mères grisonnantes
viennent gémir au flanc des autels

sur leurs tristes malheurs et supplier.
Le péan éclate dans un concert de sanglots.

Envoie-nous, fille d'or de Zeus,
ton regard secourable.

Strophe III.

Le violent Arès[2] *qui,*
sans bouclier de bronze cette fois,
m'attaque du fond de sa clameur et me brûle,

bannis-le de la patrie, rejette-le
qu'il s'en retourne en courant
au grand lit d'Amphitrite

ou vers la mer Thracienne
sans baies hospitalières[1].

Oh ! ce que laisse la nuit,
le jour doit l'achever.
Toi maître des éclairs de feu,
Zeus notre père,
consume-le de ta foudre.

Antistrophe III.

Et toi, seigneur lycien[2],
comme je voudrais que pleuvent
les traits invincibles de ton arc d'or

pour m'aider, pour me défendre !
et les brillantes torches qu'Artémis
a pour courir les monts de Lycie.

J'invoque aussi le dieu du pays,
Bacchus le dieu de l'évohé[3],

le compagnon des Ménades errantes,
qu'avec sa mitre d'or[4] *et sa face vineuse*
il vienne à la lueur des torches
contre ce dieu
que les autres dieux n'honorent guère.

Entre Œdipe.

PREMIER ÉPISODE

ŒDIPE[1]

Tu pries, tu fais bien, mais si tu veux
écouter ma parole et remédier à ton mal,
tu trouveras le réconfort et le soulagement.
Je parlerai en étranger, étranger aussi
à toute l'affaire. Si je n'ai pas d'indice
je ne puis seul avancer loin dans ma recherche.
Puisque j'ai été citoyen de cette cité
après vous, voici ce que je vous dis à tous,
Cadméens. Quiconque parmi vous connaît
le meurtrier de Laïos Labdacide,
je le somme de tout me révéler.
S'il est coupable et s'en effraie, que sans esclandre
il avoue, il ne souffrira rien de pire
que de quitter sain et sauf le pays.
S'il sait que l'assassin est un autre,
voire un étranger, qu'il ne se taise pas,
je lui paierai sa récompense et lui rendrai grâces.
Mais si vous vous taisez, s'il en est qui craignent
pour eux ou pour un ami et qui ne m'entendent
[pas,
je dois vous dire comment j'agirai alors.
Cet homme quel qu'il soit, j'interdis à quiconque,
dans ce pays où j'ai le pouvoir et le trône,
de le recevoir, de lui parler,
de l'associer aux prières ou aux sacrifices
et de lui donner l'eau lustrale.
Tous doivent le rejeter de leurs maisons.
Il est pour nous une souillure. L'oracle

pythique du dieu vient de me le déclarer.
Voilà comme j'entends venir en aide
au dieu et à l'homme qui fut tué.
Je voue le coupable, qu'il ait des complices
ou qu'il ait agi seul en secret,
à finir solitaire et infâme son infâme vie.
S'il m'arrivait de le recevoir
sciemment à mon foyer, je me voue
à subir tout ce que je viens d'appeler sur d'autres.
Et je vous demande d'accomplir ces ordres
pour moi, pour le dieu, pour ce pays qui périt
privé de récoltes et de protections divines.
Même si les dieux ne s'en étaient pas mêlés,
vous ne deviez pas laisser inexpié le crime.
Dès la mort de ce vaillant roi
il fallait enquêter. Puisque maintenant
j'ai le trône qu'il avait naguère,
que j'ai son lit et la même femme
et des enfants qui seraient frères des siens
si le malheur n'avait frappé sa descendance,
mais le sort s'est abattu sur sa tête,
eh bien je lutterai comme pour mon propre père,
je tenterai tout pour arriver à prendre
celui qui a tué le fils de Labdacos,
fils lui-même de Polydore et petit-fils de Cadmos
qui était né de l'antique Agénor[1].
Ceux qui ne s'y prêteront pas, je prie les dieux
que leurs terres ne portent pas de moissons
ni leurs femmes d'enfants et qu'ils périssent
du mal dont nous mourons ou d'un mal pire[2].
Mais vous autres les Cadméens qui m'approuvez,
que notre alliée la Justice et tous les dieux
vous soient à jamais favorables.

LE CORYPHÉE

Roi, ton imprécation me force à parler[1] :
eh bien, ni je n'ai tué ni ne saurais dire qui a tué.
C'était à Phébus qui a ordonné l'enquête
d'y répondre et de désigner le coupable.

ŒDIPE

C'est juste, mais quand les dieux ne veulent pas,
aucun homme n'a pouvoir de les forcer.

LE CORYPHÉE

J'aurais une seconde idée à te dire.

ŒDIPE

Et même si tu en as une troisième, n'hésite pas.

LE CORYPHÉE

Ce que voit le seigneur Phébus, je sais
que le seigneur Tirésias le voit aussi[2].
On apprendrait sûrement de lui ce qu'on cherche.

ŒDIPE

Je ne l'ai pas négligé. Sur l'avis de Créon
je lui ai dépêché deux messagers
et je m'étonne même qu'il ne soit pas là[3].

LE CORYPHÉE

Le reste n'est que vieilles et vaines rumeurs.

ŒDIPE

Quelles rumeurs ? Je tiens compte de tout ce qu'on
[dit.

LE CORYPHÉE

Laïos aurait été tué par des voyageurs[1].

ŒDIPE

Je l'ai entendu aussi mais personne ne voit le [témoin.

LE CORYPHÉE

Si le coupable est capable de crainte
il ne supportera pas tes imprécations.

ŒDIPE

Qui ne craint pas d'agir n'a pas peur d'une parole.

LE CORYPHÉE

Ah ! Voici celui qui va le confondre :
on t'amène le divin prophète,
le seul homme qui possède la vérité.

Entre Tirésias guidé par un enfant.

ŒDIPE[2]

Toi qui sais tout, Tirésias, ce qui s'enseigne
et ce qui ne se dit pas, ce qui est du ciel et ce qui [est de la terre,
tu as beau n'y pas voir, tu connais de quel mal
souffre la ville[3]. Nous n'avons trouvé que toi,
seigneur, pour nous défendre et nous sauver.
Phébus a répondu à nos envoyés,
les messagers ne te l'ont peut-être pas dit,
que nous ne pourrions nous délivrer du mal
que par la découverte des meurtriers de Laïos
et leur exécution ou leur bannissement.

Ne nous refuse donc ni les présages d'oiseaux
ni les autres moyens de divination.
Sauve la ville et toi-même, sauve-moi,
sauve-nous de la souillure du meurtre.
Nous sommes à ta merci. Rien n'est si beau
que de servir les autres de sa science et de sa force.

TIRÉSIAS

Éheu, éheu ! qu'il est terrible de connaître
quand la connaissance est sans profit[1] ! Je le
[savais
mais je l'ai oublié, sans quoi je ne serais pas ici.

ŒDIPE

Qu'y a-t-il qui te trouble tant d'être venu ?

TIRÉSIAS

Laisse-moi rentrer chez moi. Si tu veux bien
tu t'en trouveras mieux et moi aussi.

ŒDIPE

Tu n'es ni loyal ni bon envers la ville
qui t'a nourri, si tu la prives de tes présages.

TIRÉSIAS

Je vois que tes paroles ne sont guère pertinentes.
Aussi pour ne pas courir le même risque…

ŒDIPE

Non, par les dieux ! si tu sais, ne te détourne pas ;
tous prosternés, nous t'en supplions[2].

TIRÉSIAS

Parce que vous tous, vous ne savez pas. Eh bien [non,
je ne veux pas dire mon mal, ou plutôt ton mal[1].

ŒDIPE

Quoi ? tu sais et tu ne diras rien ? comprends-tu
que c'est là nous trahir et détruire la ville ?

TIRÉSIAS

Je ne veux affliger ni toi ni moi. Pourquoi
me questionner en vain ? Tu ne tireras rien de [moi.

ŒDIPE

Ô le pire des mauvais, car tu mettrais en rage
un être de marbre[2], tu ne parleras donc pas ?
tu veux te montrer inflexible, intraitable ?

TIRÉSIAS

Tu me reproches cette rage. Tu ne vois pas
celle qui t'habite, et moi, tu me blâmes.

ŒDIPE

Qui n'enragerait de t'entendre parler
quand tu n'as plus de respect pour la ville ?

TIRÉSIAS

Que je les voile de silence, les faits viendront tout [seuls.

ŒDIPE

S'ils doivent venir il faut que tu me les dises.

TIRÉSIAS

Je n'en dirai pas plus. Livre-toi donc,
si tu veux, à la rage la plus farouche.

ŒDIPE

Certes, à ce point de ma rage, je ne tairai plus
mes soupçons[1]. Tu sauras que tu me sembles bien
avoir ourdi le crime et l'avoir perpétré,
sauf que tu n'y mis pas les mains. Si tu n'étais
aveugle, je dirais que le crime est de toi seul.

TIRÉSIAS

Vrai ? Et moi je t'ordonne de t'en tenir
à la proclamation que tu as faite,
de ne plus leur parler ni à moi, dès ce jour,
car c'est toi l'impie qui souille cette terre.

ŒDIPE

N'as-tu pas honte de me jeter ces paroles ?
et comment crois-tu que tu pourras y échapper ?

TIRÉSIAS

J'y échappe. Je nourris la vérité puissante.

ŒDIPE

Qui t'en a donc instruit ? pas ton art en tout cas.

TIRÉSIAS

Toi-même, qui m'as poussé à la dire malgré moi.

ŒDIPE

Dire quoi ? Répète donc que je sache mieux.

TIRÉSIAS

N'as-tu pas compris ? veux-tu voir si j'ose parler ?

ŒDIPE

Je n'ai pas tout à fait compris. Allons, répète[1].

TIRÉSIAS

Je dis que tu es le meurtrier que tu cherches.

ŒDIPE

Tu ne m'auras pas impunément offensé deux fois.

TIRÉSIAS

Et dirai-je plus pour t'irriter davantage ?

ŒDIPE

Tant que tu voudras. Tu parleras en vain[2].

TIRÉSIAS

Je dirai qu'à ton insu tu es honteusement uni
à tes plus proches et ne vois pas dans quel mal tu es.

ŒDIPE

Crois-tu que tu parleras toujours impunément ?

TIRÉSIAS

Oui si la vérité a quelque force.

ŒDIPE

Certes, mais pas en toi. Non pas en toi,
tu es aveugle des yeux, des oreilles et de l'esprit[1].

TIRÉSIAS

Malheureux ! tes insultes, il n'est personne ici
qui bientôt ne te les adresse.

ŒDIPE

Tu ne te repais que de ténèbres, tu ne peux pas [me blesser,
tu ne peux pas blesser ceux qui voient la [lumière.

TIRÉSIAS

Tel n'est pas mon destin de tomber sous tes coups.
Apollon saura exiger son dû, c'est son rôle[2].

ŒDIPE

Est-ce que l'invention est de Créon ou de toi ?

TIRÉSIAS

Créon n'est pour rien dans ton malheur, tu y [suffis[3].

ŒDIPE[4]

Richesse, royauté, science plus grande que les [sciences,
combien, en nous faisant une vie enviable,
vous nous réservez de jalousie !
À cause de ce pouvoir que la ville
m'a mis en main sans que je l'aie demandé,

le loyal Créon, cet ami de toujours,
cherche, insidieux et secret, à me chasser,
suborne ce mage intrigant,
ce charlatan rusé qui ne voit que le gain
et qui est dans son art un aveugle.
Quand donc, dis-moi, as-tu été bon devin ?
Pourquoi quand la chienne chanteuse était là
n'as-tu rien trouvé pour délivrer les citoyens ?
Ce n'était pas au premier venu d'expliquer [l'énigme,
il y fallait de la divination.
Tu n'as guère paru en être doué par les oiseaux
ni par révélation divine. Et moi Œdipe,
venu sans rien savoir, je l'ai fait taire
par ma force d'esprit, sans recourir aux présages.
Voilà celui que tu entends chasser
dans l'espoir de te tenir près du trône de Créon.
Je crois que vous aurez de quoi pleurer, toi et celui
qui a ourdi ce complot. Si je ne te voyais si vieux
tu apprendrais à tes dépens ce que vaut ta science.

LE CORYPHÉE[1]

Il nous semble que ses paroles étaient dictées
par la colère et les tiennes aussi, Œdipe.
Ce n'est pas ce qu'il nous faut, mais examiner
comment le mieux accomplir l'oracle du dieu.

TIRÉSIAS[2]

Tu as beau régner, je peux te répondre en égal
et sur tous les points, j'en ai le droit.
Je ne suis pas ton esclave mais celui de Loxias.
Je n'ai pas à m'enrôler sous le patronage de Créon.
Puisque tu me reproches d'être aveugle, je te dirai

que tu peux regarder, tu ne vois pas dans quel mal tu es,
ni où tu habites, ni chez qui, ni avec qui.
Sais-tu seulement de qui tu es né ?
Tu es à ton insu l'ennemi de tes parents,
ceux qui sont chez les morts comme ceux qui sont sur terre.
La double malédiction de ton père et de ta mère
s'avance terrible pour te bannir de ce pays,
toi qui vois clair et ne verras plus que les ténèbres.
Quel refuge n'entendra tes clameurs ? quel Cithéron
bientôt n'en retentira ? quand tu sauras
vers quel hymen sans havre tu voguais à pleine voile.
Et tu n'aperçois pas cette foule d'autres malheurs
qui vont te remettre à ta place, celle de tes enfants.
Insulte alors Créon et mes oracles
mais jamais homme n'aura été
plus terriblement écrasé que toi.

ŒDIPE

Est-ce qu'on peut supporter d'entendre cela ?
Et tu ne t'en vas tout de suite à ta perte ?
Tu ne t'en retournes pas ? Tu ne quittes pas le palais ?

TIRÉSIAS

Je ne serais pas venu si tu ne m'avais appelé.

ŒDIPE

Savais-je que tu dirais pareilles folies ?
J'aurais mieux pris mon temps pour te faire venir.

TIRÉSIAS

Toi, tu me prends pour un fou,
mais tes parents me trouvaient plein de sagesse.

ŒDIPE

Quels parents ? Reste là. De qui suis-je né[1] ?

TIRÉSIAS

Ce jour va voir ta naissance et ta mort.

ŒDIPE

Tu ne dis rien qu'obscurément et par énigmes.

TIRÉSIAS

Tu n'excelles donc plus à les trouver ?

ŒDIPE

Reproche-moi ce qui fait ma grandeur !

TIRÉSIAS

C'est précisément ta chance qui te perd.

ŒDIPE

Que m'importe puisqu'elle a sauvé la ville.

TIRÉSIAS

Je m'en vais. Enfant, emmène-moi.

ŒDIPE

Qu'il t'emmène. Tu m'embarrasses, tu m'importunes.
Une fois parti tu ne m'affligeras plus.

TIRÉSIAS

Je m'en vais, mais je dis ce pour quoi je suis venu[1].
Je ne crains pas ta face, tu ne peux pas me perdre.
L'homme que tu cherches et que tu menaces
avec tes proclamations sur le meurtre de Laïos,
eh bien cet homme est ici, te dis-je.
On le croit étranger, immigrant, mais on verra
qu'il est Thébain de naissance. Il n'en aura pas
[de joie
car il voit clair et il va être aveugle,
il est riche, il va être mendiant et cheminer
sur une terre étrangère qu'il tâtera de son bâton.
On verra qu'il est père et frère de ses fils,
qu'il est le fils et le mari de la femme
dont il est né, qu'il a la femme de son père
et qu'il est le meurtrier de son père. Rentre y
[songer[2] ;
si tu me prends à t'avoir menti, tu pourras dire
que je ne connais rien à la divination.

Sortent Tirésias et Œdipe.

INTERMÈDE CHORAL
PREMIER STASIMON[3]

LE CHŒUR

Strophe I.

Quel est celui
dont la roche prophétique de Delphes
dit qu'il perpétra de ses mains de meurtre
la plus infâme des infamies ?

Il est temps
qu'il fuie, qu'il agite
ses pieds avec plus de force
que l'ouragan des cavales.

Car sur lui le fils de Zeus
s'élance armé de feux et d'éclairs.
Et le suivent, infaillibles,
les terribles déesses de mort.

Antistrophe I.

Sur le neigeux
Parnasse[1]*, vient de luire, éclatante,*
la parole qui ordonne à tous
de traquer cet inconnu.

Il va
par la forêt sauvage,
les antres et les roches,
comme un taureau.

Solitaire et malheureux,
il fuit, d'une fuite malheureuse,
ces oracles du nombril de la terre
qui toujours l'enveloppent de leur vol.

Strophe II.

Terriblement, terriblement
me trouble ce sage augure
que je ne puis croire ni contredire.
Je ne sais que dire, je flotte
dans l'incertitude sans voir
ni le présent ni l'avenir.

Quelle querelle y avait-il
entre les Labdacides et le fils de Polybe ?
jamais je ne l'ai su
ni autrefois ni à présent.

Rien de prouvé, rien qu'on puisse croire[1]
contre le bon renom d'Œdipe,
pour s'en aller venger les Labdacides
d'un meurtre mal connu.

Antistrophe II[2].

Oui Zeus et Apollon connaissent
et comprennent tout des humains,
mais qu'un devin d'entre les hommes
en sache plus que moi,
on ne peut pas en être sûr.
Certes un homme peut surpasser

par sa science la science d'un autre,
mais tant que je n'aurai pas vu
se vérifier sa parole,
je n'admettrai pas l'accusation.

Le certain est qu'Œdipe fit preuve
de sagesse et d'amour pour la ville
quand la fille ailée le rencontra.
Et je ne lui prêterai pas de crime.

Entre Créon.

DEUXIÈME ÉPISODE[1]

CRÉON

Citoyens, j'apprends que le roi Œdipe
m'accuse terriblement, je ne puis le supporter ;
me voici. Et si dans les circonstances actuelles
il pense que je lui ai fait tort
par mes paroles ou par mes actes,
eh bien, sous le poids de ce grief,
je ne désire plus vivre longtemps.
Pareilles paroles ne causent pas un simple dommage
mais le pire, si je passe pour traître dans la ville,
pour traître à tes yeux et à ceux de mes proches.

LE CORYPHÉE

Cet outrage vient sans doute d'une violente colère
plutôt que d'une pensée véritable.

CRÉON

N'a-t-il pas dit clairement que le devin
n'aurait menti que séduit par mes conseils ?

LE CORYPHÉE

Il l'a dit mais je ne sais pas ce qu'il pensait.

CRÉON

Est-ce le regard ferme et l'esprit ferme,
qu'il lançait ce grief contre moi ?

LE CORYPHÉE

Je ne sais pas, je n'examine guère
ce que font les maîtres. Mais le voici qui sort du [palais.

Entre Œdipe.

ŒDIPE[1]

Hé ! toi, que viens-tu faire ici ?
De quel front oses-tu venir jusque chez moi,
toi mon assassin déclaré, l'usurpateur
patent de ma royauté ? Par les dieux !
allons, parle. Trouvais-tu de la lâcheté en moi
ou de la folie pour vouloir me traiter de la sorte ?
Pensais-tu que je ne verrais pas tes perfides [manœuvres
ou que, si je les savais, je ne pourrais m'en [défendre ?
N'est-ce pas folie que ton projet de saisir,
sans le peuple et sans amis, la royauté
qui ne s'obtient que du peuple et de la richesse ?

CRÉON

Sais-tu ce qu'il te faut faire ? Puisque tu as parlé
écoute-moi à mon tour et juge à bon escient.

ŒDIPE

Tu parles bien mais je ne suis guère prêt à t'en- [tendre.
Je te trouve hostile et intolérable.

CRÉON

Justement, écoute ce que j'ai à te dire.

ŒDIPE

Justement, ne dis pas que tu n'es pas un traître.

CRÉON

Si tu crois que l'arrogance insensée
est un bien, tu n'as plus tes esprits.

ŒDIPE

Si tu crois qu'on peut trahir un parent
sans être châtié, tu as perdu l'esprit.

CRÉON

J'en conviens, cela est juste. Mais apprends-moi
quel mal tu prétends avoir subi.

ŒDIPE

M'as-tu persuadé ou non
de faire mander l'auguste devin ?

CRÉON

J'en suis encore d'avis maintenant.

ŒDIPE

Depuis combien de temps est-ce que Laïos...

CRÉON

Qu'a-t-il fait ? Je ne te suis plus.

ŒDIPE

... a disparu victime d'un meurtre ?

CRÉON

Il faut compter de longues vieilles années.

ŒDIPE

Le devin exerçait-il alors son art ?

CRÉON

Oui, avec autant de sagesse et d'honneur.

ŒDIPE

A-t-il fait mention de moi en ce temps-là ?

CRÉON

Non, en tout cas pas devant moi.

ŒDIPE

N'avez-vous pas enquêté sur le meurtre ?

CRÉON

Nous l'avons fait, bien sûr, mais sans résultat.

ŒDIPE

Pourquoi le savant n'a-t-il alors rien dit ?

CRÉON

Je ne sais. J'aime à me taire sur ce que j'ignore.

ŒDIPE

Tu le sais et tu diras, si tu as ton bon sens…

CRÉON

Quoi donc ? Je ne nierai pas ce que je sais.

ŒDIPE

... que s'il ne s'était pas mis d'accord avec toi
il ne m'aurait pas imputé la mort de Laïos.

CRÉON

C'est toi qui sais s'il l'a dit, mais moi
j'ai le droit de savoir de toi quelque chose à mon [tour.

ŒDIPE

Questionne-moi ; tu ne me convaincras pas de [meurtre.

CRÉON

Eh bien, n'as-tu pas ma sœur pour femme ?

ŒDIPE

Voilà ce que je ne peux guère nier.

CRÉON

Tu règnes et tu partages le pouvoir avec elle.

ŒDIPE

Et quoi qu'elle veuille elle l'obtient de moi.

CRÉON

N'ai-je pas ma part comme tiers avec vous deux ?

ŒDIPE

Et c'est là que tu te montres mauvais ami.

CRÉON[1]

Non, si je t'explique ma situation.
Considère d'abord si, à ton sens, quelqu'un
aimerait mieux régner plein de craintes
que dormir tranquille avec le même pouvoir.
Moi je n'ai pas le désir inné d'être roi,
mais plutôt d'agir en roi. Ainsi pense
tout homme raisonnable. Pour l'instant
j'obtiens tout de toi sans rien craindre. Si j'étais [roi,
que ne devrais-je pas faire à contrecœur !
Comment le titre royal me serait-il plus doux
que de régner sans peine avec puissance ?
Je ne me trompe pas au point de vouloir
autre chose que l'honneur et le profit.
Je suis au mieux avec tous, chacun me salue,
quiconque a besoin de toi fait appel à moi
qui suis toute sa chance de succès.
Pourquoi régner aux dépens de tels avantages ?
Le bon sens ne saurait devenir insensé.
Non, je n'ai jamais eu de pareils penchants,
je n'aurais aidé personne à cette action. La [preuve ?
va demander à Pythô si j'ai rapporté
l'oracle avec exactitude. Si tu me prends
à m'être concerté avec le devin,
que ma mort ne soit pas le verdict d'un seul,
mais de deux, de toi et de moi, si tu me prends ;
seulement ne m'incrimine pas sans preuve sur des [soupçons.
Il n'est pas juste que, sans raison, les méchants
passent pour bons et les bons pour méchants.

Je dis que rejeter un ami fidèle
c'est rejeter sa propre vie, ce qu'on a de plus cher ;
mais on n'en est certain qu'avec le temps ;
le temps seul peut prouver qu'un homme est juste
tandis qu'un jour suffit pour connaître un méchant.

LE CORYPHÉE

Roi, quiconque craint l'erreur trouve qu'il a bien parlé,
car juger en hâte n'est jamais sûr.

ŒDIPE

Quand on est prompt à conspirer contre moi
il faut que moi aussi je sois prompt à décider.
Si je reste là bien tranquille,
l'autre aura réussi et moi échoué.

CRÉON

Que désires-tu ? me bannir du pays ?

ŒDIPE

Pas du tout. Je veux ta mort et non ton exil.

CRÉON

Quand tu m'auras montré pourquoi ta haine.

ŒDIPE

Tu ne veux pas céder, pas obéir ?

CRÉON

Je vois que tu déraisonnes.

ŒDIPE

Pas pour ce qui me touche.

CRÉON

Et pour ce qui me touche, moi ?

ŒDIPE

Toi, tu es un traître.

CRÉON

Mais si tu n'y entends rien ?

ŒDIPE

Tu n'as qu'à obéir.

CRÉON

Pas à qui commande mal.

ŒDIPE

Ô patrie, ma patrie !

CRÉON

C'est ma patrie aussi et non la tienne seulement.

LE CORYPHÉE

Arrêtez, princes. Je vois Jocaste
qui sort justement du palais. Vous devez,
avec elle, apaiser votre colère.

Entre Jocaste.

JOCASTE

Pourquoi, ah ! malheureux, cette stupide
[dispute ?
Ne rougissez-vous pas d'agiter ainsi
vos propres rancunes quand le pays souffre ?
Allons, rentre au palais ; et toi, Créon, chez toi.
Évitez donc de faire d'un rien une grande dou-
[leur.

CRÉON

Sœur, ton mari Œdipe me traite horriblement.
Il trouve juste de choisir pour moi entre deux
[peines,
le bannissement ou l'arrestation et la mort.

ŒDIPE

Oui, femme. Je l'ai surpris en train d'ourdir
perfidement une perfidie contre moi.

CRÉON

Que je n'aie plus de joie et que je meure maudit
si j'ai fait contre toi l'acte dont tu m'accuses.

JOCASTE

Par les dieux ! Œdipe, crois-le,
respecte son serment devant les dieux,
respecte-moi et ceux qui sont ici.

LE CHŒUR

Strophe.

Cède, consens, sois raisonnable, roi, je t'en prie.

ŒDIPE

Que dois-je consentir ?

LE CHŒUR[1]

Respecte-le, il n'était pas un sot
et son serment le grandit encore.

ŒDIPE

Sais-tu ce que tu désires ?

LE CHŒUR

Oui.

ŒDIPE

Dis ce que tu veux dire.

LE CHŒUR

N'accuse pas sur un soupçon, ne déshonore pas
un ami que son imprécation protège.

ŒDIPE

Sache que faire pareille demande
c'est demander ma mort ou mon exil.

LE CHŒUR

Par le premier des dieux, le dieu Soleil, non !
Que je périsse, sans dieux et sans amis,
du pire supplice, si j'ai cette pensée.

Mais la malchance de ce pays agonisant
me consume l'âme quand s'ajoutent
aux peines qu'il endure les peines dont vous êtes
[*cause.*

ŒDIPE

Eh bien qu'il aille, quand je devrais en mourir
ou être honteusement expulsé du pays !
C'est ta parole et non la sienne qui me touche.
Lui, où qu'il soit, je l'aurai en haine.

CRÉON

Visiblement tu cèdes avec haine. Ce te sera lourd
quand ta colère sera passée. De pareilles natures
se font souffrir elles-mêmes avec justice.

ŒDIPE

Laisse-moi donc et va-t'en.

CRÉON

Je m'en vais,
tu m'as méconnu, mais pour ceux-ci je reste le même.

Sort Créon.

LE CHŒUR

Antistrophe[1].

Femme, que tardes-tu à le ramener au palais ?

JOCASTE

Je veux savoir ce qui se passait.

LE CHŒUR

D'obscures paroles ont fait naître un soupçon
et, même injuste, ce soupçon irrite.

JOCASTE

Ils sont tous deux fautifs ?

LE CHŒUR

Oui.

JOCASTE

Et à quel sujet ?

LE CHŒUR

Il suffit, quand la patrie est dans le malheur,
il suffit d'en rester où cessa la querelle.

ŒDIPE

Tu vois où tu en viens avec ta sagesse,
à m'affaiblir l'âme et à l'émousser ?

LE CHŒUR

Roi, je te l'ai dit et plus d'une fois,
sache que je serais fou, que je perdrais la tête
vraiment, si je me détachais de toi,

toi qui seul, quand ma chère patrie errait
parmi les malheurs, l'as remise dans le bon vent.
Sois-lui encore bon pilote si tu peux.

JOCASTE

Par les dieux, dis-moi donc, mon roi
pourquoi tu as conçu pareille colère.

ŒDIPE

Femme, j'ai plus de respect pour toi que pour [ceux-ci,

je vais te répondre : Créon a conspiré contre [moi.

JOCASTE

Parle ! m'expliqueras-tu la cause de la querelle ?

ŒDIPE

Il dit que je suis le meurtrier de Laïos.

JOCASTE

Le sait-il par lui-même ou le tient-il d'un autre ?

ŒDIPE

Il m'a envoyé une canaille de devin,
mais s'est gardé de se compromettre en paroles.

JOCASTE

Libère-toi donc de ces histoires.
Écoute-moi et apprends qu'aucun mortel
ne possède l'art de prophétiser[1].
Je vais brièvement t'en donner un exemple.
Jadis Laïos reçut, je ne dis pas de Phébus
mais de ses servants, un oracle
comme quoi son destin serait d'être tué
par le fils qui naîtrait de lui et de moi.
Or ce sont des bandits étrangers, dit-on,
qui le tuèrent à une bifurcation de route.
Quant à l'enfant, il n'était pas né depuis trois jours
que son père le liait par les chevilles
et le faisait jeter sur une montagne déserte.
Aussi Apollon n'obtint-il ni que l'enfant
soit le meurtrier de son père, ni que Laïos
périsse par son fils comme il le craignait.

C'était pourtant ce qu'avaient décrété les oracles.
Ne t'occupe donc pas d'eux. Ce qu'un dieu croit utile,
il lui est bien facile de le faire voir lui-même.

ŒDIPE

Combien à t'écouter, femme, en ce moment
s'égare mon âme et s'agite mon esprit !

JOCASTE

Quelle inquiétude te bouleverse de la sorte ?

ŒDIPE

Tu as dit, je crois, que Laïos
avait été tué à une bifurcation de route ?

JOCASTE

On le disait et ce n'a pas changé.

ŒDIPE

Dans quelle région cela se passait-il ?

JOCASTE

Le pays s'appelle la Phocide ; à la rencontre
des routes qui viennent de Delphes et de Daulis[1].

ŒDIPE

Et combien de temps s'est écoulé depuis ?

JOCASTE

La nouvelle fut annoncée à la ville
peu avant le commencement de ton règne.

ŒDIPE

Ô Zeus, que veux-tu faire de moi ?

JOCASTE

Pourquoi cette anxiété, Œdipe ?

ŒDIPE

Ne m'interroge pas encore. Dis-moi
quel était l'aspect de Laïos ; quel âge avait-il ?

JOCASTE

Il était grand. Ses cheveux commençaient à blanchir.
Son visage n'était pas très différent du tien[1].

ŒDIPE

Malheur ! je crois que tout à l'heure sans le savoir
je me suis lancé de terribles imprécations.

JOCASTE

Que dis-tu ? ô roi, j'ai peur de te regarder.

ŒDIPE

Je crains terriblement que le devin n'ait vu clair.
Tu vas m'en assurer d'un mot encore.

JOCASTE

J'ai peur aussi, mais que veux-tu savoir ?

ŒDIPE

Allait-il en simple équipage ou bien
avec une nombreuse garde comme un roi ?

JOCASTE

Ils n'étaient que cinq dont un héraut.
Il n'y avait qu'un chariot qui portait Laïos.

ŒDIPE

Ayaï ! voilà qui est clair[1]. Femme,
qui donc vous a raconté cela ?

JOCASTE

Un domestique, le seul qui revint sauf.

ŒDIPE

Se trouve-t-il au palais à présent ?

JOCASTE

Non. Dès son retour, comme il voyait
que tu avais le pouvoir et que Laïos était mort,
il me prit la main pour me supplier
que je l'envoie aux champs faire paître les bêtes
afin d'être le plus loin possible de la ville[2].
Je l'ai donc envoyé, il le méritait
autant que le peut un esclave et même plus.

ŒDIPE

Est-il possible de le faire revenir promptement[3] ?

JOCASTE

Certainement. Mais pourquoi ce désir ?

ŒDIPE

Femme, je crains d'avoir parlé trop vite,
c'est pourquoi je veux le voir.

JOCASTE

Il viendra. Mais ne suis-je pas digne, ô roi,
d'apprendre moi aussi ce qui te peine ?

ŒDIPE[1]

Certes, je ne te le cacherai pas dans cette attente
où je suis, car à qui me confier
mieux qu'à toi en cette circonstance ?
Mon père était Polybe, un Corinthien,
et ma mère Mérope, de la Doride.
J'étais tenu pour le premier des citoyens
là-bas, quand survint un fait digne de surprendre
mais indigne d'être pris au sérieux comme je fis.
Pendant un repas, en pleine ébriété,
un homme pris de vin me traite de fils putatif.
J'en fus atteint, je me contins à grand-peine
ce jour-là et j'allai le lendemain questionner
mon père et ma mère. Ils trouvèrent intolérable
qu'on ait proféré pareil outrage.
J'en fus heureux et pourtant cette parole
me restait, s'insinuait profonde en moi.
À l'insu de mon père et de ma mère
je vais à Pythô. Sans répondre à ce qui m'amenait,
Phébus me renvoya avec des prédictions
terribles et lamentables sur mon malheureux [sort[2] :
je m'unirais à ma mère ; je ferais voir aux hommes
une race dont ils ne pourraient supporter la vue ;
je serais l'assassin du père qui m'a engendré.
À ces paroles, je laisse le pays de Corinthe[3]
et, au gré des astres, je fuis là où jamais
je ne verrais s'accomplir l'infamie

de ces oracles de malheur.
Je chemine, j'arrive vers ces lieux
où tu dis qu'a péri le roi.
Femme, je vais te dire la vérité.
Comme j'arrivais près de cette bifurcation
voici venir à ma rencontre un héraut
et, sur un char attelé de jeunes chevaux,
un homme comme celui dont tu parles[1]. Le guide
et le vieillard lui-même me repoussent avec vio-
[lence.
Moi, de colère, je frappe celui qui m'écartait,
le conducteur. Le vieillard l'ayant vu
attend que je passe près de son char
et me frappe en pleine tête de son double fouet.
Il en fut largement payé car, sur-le-champ,
atteint du bâton que j'avais en main,
il culbute et roule à bas de son char,
et je massacre tout. Si cet étranger-là
a quelque parenté avec Laïos, eh bien
quel malheureux l'est plus que celui que tu vois ?
quel homme est plus haï des dieux ?
Il n'est plus d'étrangers, plus de citoyens
qui puissent me recevoir chez eux ni me parler ;
on me chassera des maisons. Or c'est moi et nul
[autre
qui ai porté contre moi ces imprécations-là.
Je souille l'épouse du mort dans mes bras d'as-
[sassin.
Ne suis-je pas un criminel ? Ne suis-je pas
tout impur puisqu'il faut que je fuie ?
et que je fuie sans revoir les miens,
sans retourner dans ma patrie, ou alors
je devrais épouser ma mère et tuer mon père

Polybe qui m'a nourri et engendré.
N'aurait-on pas raison de penser
que c'est là l'œuvre d'un dieu cruel ?
Que jamais, jamais, sainte majesté des dieux,
je ne voie ce jour ! Que je m'en aille plutôt,
que je disparaisse de chez les mortels avant de voir
sur moi la souillure de ces malheurs !

LE CORYPHÉE

Roi, j'en suis troublé. Mais garde espoir
tant que tu n'auras pas entendu le survivant.

ŒDIPE

Oui c'est bien là mon seul espoir,
attendre cet homme, ce berger.

JOCASTE

Pourquoi tiens-tu tant à le voir ?

ŒDIPE

Eh bien mais ! s'il va dire comme toi,
moi je serai tiré d'affaire.

JOCASTE

Qu'ai-je dit de si important ?

ŒDIPE

Tu disais tenir de lui que des bandits
avaient commis le meurtre. S'il maintient encore
ce pluriel, je ne suis pas le meurtrier.
Un homme ne saurait en être plusieurs.

Mais s'il parle d'un seul voyageur
alors nettement le crime m'est imputable[1].

JOCASTE

Mais voyons ! il ne peut plus démentir
ce qu'il affirma. Ce n'est pas moi seule
c'est toute la ville qui l'a entendu.
Et quand il s'écarterait de ce qu'il a dit,
il ne prouvera pas que le meurtre
s'est accompli selon l'oracle, puisque Loxias
disait que Laïos serait tué par mon fils.
Or, ce n'est pas ce dernier, le malheureux,
qui a tué puisqu'il était déjà mort.
Voilà pourquoi maintenant aucun oracle
ne me ferait regarder à droite ou à gauche.

ŒDIPE

Tu as raison. Envoie pourtant quelqu'un
nous ramener ce travailleur ; n'oublie pas.

JOCASTE

J'enverrai tout de suite, mais rentrons.
Je ne saurais faire que ce qui te plaît.

Sortent Œdipe et Jocaste.

INTERMÈDE CHORAL
DEUXIÈME STASIMON[1]

LE CHŒUR

Strophe I.

Mon lot à moi puisse-t-il être
de garder la pureté sainte
des actes et des paroles dont les lois,

nées dans le ciel éthéré, siègent
sur les hauteurs. L'Olympe seul est leur père.

Aucun être mortel
ne les a engendrées.
Jamais l'oubli
ne les endormira.
Un grand dieu les habite et qui ne vieillit pas.

Antistrophe I.

L'orgueil fait le tyran. L'orgueil
quand il s'est follement rassasié
à contretemps et sans profit

et qu'il est monté au plus haut
se précipite dans une abrupte fatalité

où ses pieds ne servent plus à rien.
Que jamais le bon combat
pour sauver la ville
ne cesse, j'en prie le ciel.
Je n'aurai jamais que le ciel pour protecteur.

Strophe II.

Si quelqu'un va,
le geste et le verbe hauts,

sans craindre la Justice
ni révérer les temples des dieux,
que sa funeste insolence
rende malheureux son sort

puisqu'il ne cherche pas de gain juste,
puisqu'il pratique l'impiété
et touche dans sa folie à ce qui est inviolable.

Qui se vantera donc dans ce cas
d'écarter de son âme les traits de la colère ?
Car si pareilles conduites sont en honneur,
à quoi bon ma danse sainte[1] *?*

Antistrophe II.

Je n'irai plus
vénérer le nombril sacré
de la terre, ni le temple
d'Abæ, ni celui d'Olympie[2]*, si*
ne vaut manifestement
pour tous les hommes cette vérité.

Puissant Zeus, si comme on le dit
tu es maître de tout, ah !
que rien n'échappe à ton pouvoir immortel,

car on abroge, on abolit
les prophéties faites au vieux Laïos.
Les honneurs d'Apollon disparaissent.
Tout le divin s'en va.

Entre Jocaste.

TROISIÈME ÉPISODE[1]

JOCASTE

Chefs du pays, l'idée m'est venue
d'aller aux temples des dieux porter
de mes mains couronnes et encens.
Œdipe avec ses peines a le cœur trop troublé ;
il ne juge pas sainement des faits récents
par ceux d'autrefois. Il est à qui lui parle
quand on lui parle d'épouvante.
Puisque je n'y puis rien par mes exhortations,
ô Apollon Lycien, vers toi tout près d'ici
j'irai en suppliante porter mes prières
pour que tu nous accordes une sainte délivrance
car nous sommes tous consternés de voir
pris de stupeur celui qui dirige la nef.

Entre un messager.

LE MESSAGER

Étrangers, pouvez-vous m'apprendre
où est la demeure du roi Œdipe ?
Lui du moins, où est-il, si vous le savez ?

LE CORYPHÉE

Voici le palais et il y est, ô étranger,
et cette femme est la mère de ses enfants.

LE MESSAGER

Qu'elle soit heureuse avec des heureux
puisqu'elle lui est une parfaite épouse.

JOCASTE

Sois heureux aussi, étranger,
tu le mérites par tes souhaits. Mais dis-nous
pourquoi tu viens, quelles nouvelles tu apportes.

LE MESSAGER

Du bonheur pour ta maison, femme, et pour ton
[mari.

JOCASTE

Quel bonheur ? Et d'où viens-tu ?

LE MESSAGER

De Corinthe. Ce que je viens te dire
doit te plaire sans doute et peut-être t'affliger.

JOCASTE

Quelle nouvelle ? comment a-t-elle ce double pou-
[voir ?

LE MESSAGER

Les gens de là-bas, à ce qu'ils disent
vont faire Œdipe roi de l'Isthme.

JOCASTE

Quoi ? est-ce que le vieux Polybe n'est plus au
[pouvoir ?

LE MESSAGER

Non. La mort l'a mis au tombeau.

JOCASTE

Que dis-tu là ? Polybe est mort ?

LE MESSAGER

Je veux mourir si ce n'est pas vrai.

JOCASTE

Servante, va vite dire cela au maître.
Ah ! où êtes-vous, oracles des dieux ?
Cet homme qu'Œdipe depuis si longtemps
fuyait par crainte de le tuer, le voilà donc mort
de sa belle mort et non de la main d'Œdipe.

Entre Œdipe.

ŒDIPE

Femme bien-aimée, chère Jocaste,
pourquoi me fais-tu sortir du palais ?

JOCASTE

Écoute cet homme et vois ce que sont devenus
les augustes oracles du dieu.

ŒDIPE

Qui est-il ? et qu'a-t-il à dire ?

JOCASTE

Il vient de Corinthe annoncer
que ton père Polybe n'est plus, qu'il est mort.

ŒDIPE

Que dis-tu, étranger ? explique-moi cela.

LE MESSAGER

S'il me faut d'emblée parler net,
sache que Polybe s'en est allé dans la tombe.

ŒDIPE

Par trahison ou bien de maladie ?

LE MESSAGER

Un rien couche les vieilles gens dans la tombe.

ŒDIPE

Le malheureux est donc mort de maladie.

LE MESSAGER

Et du grand nombre de ses années.

ŒDIPE

Éheu ! femme, qui s'inquiéterait encore
du foyer prophétique de Pythô
ou des oiseaux qui crient dans les airs ?
Je devais selon eux tuer mon père et il est mort,
il est enfoui dans la terre sans que j'aie touché l'épée,
à moins qu'il soit mort de me regretter,
et ainsi je l'aurais fait périr. En tout cas
Polybe est allé se coucher dans l'Hadès
avec tous ces oracles sans valeur.

JOCASTE

Ne te l'ai-je pas dit depuis longtemps ?

ŒDIPE

Oui, mais la frayeur m'égarait.

JOCASTE

N'en aie plus dans l'âme à présent.

ŒDIPE

Mais comment ne pas craindre le lit de ma
[mère ?

JOCASTE

Que pourrait craindre un homme ? La destinée
le mène, rien ne lui est prévisible.
Le mieux est de vivre au hasard, comme on peut.
Et ne sois pas dans la crainte d'épouser ta mère ;
bien des humains ont déjà rêvé
qu'ils s'unissaient à leur mère. N'en pas tenir
[compte
rend la vie plus facile à porter.

ŒDIPE

Voilà qui est bien beau à dire,
mais ma mère est vivante. Tant qu'elle vit,
tu as beau dire, je dois craindre.

JOCASTE

Mais c'est une grande clarté que ton père dans la
[tombe.

ŒDIPE

Certes oui, mais je crains la survivante.

LE MESSAGER

Quelle est cette femme dont vous vous effrayez ?

ŒDIPE

Vieillard, c'est Mérope, l'épouse de Polybe.

LE MESSAGER

Et qu'est-ce qu'elle a qui vous effraie ?

ŒDIPE

Un terrible oracle des dieux, ô étranger.

LE MESSAGER

Peux-tu le dire ou dois-tu rester seul à le savoir ?

ŒDIPE

Je peux bien le dire. Jadis Loxias
me déclara que je m'unirais à ma mère
et verserais de mes mains le sang de mon père.
C'est pourquoi depuis longtemps Corinthe est un [séjour
que je fuis ; par bonheur, bien qu'on ait plaisir
à voir le visage de ses parents.

LE MESSAGER

Est-ce dans cette crainte-là que tu t'exilais ?

ŒDIPE

Ô vieillard, je ne voulais pas être un parricide.

LE MESSAGER

Roi, que ne t'ai-je déjà affranchi de cette peur,
moi qui viens ici pour te complaire !

ŒDIPE

Certes, je t'en aurai une digne reconnaissance.

LE MESSAGER

Certes, je suis justement venu pour cela,
pour que ton retour chez toi me vaille un avan-
[tage.

ŒDIPE

Mais jamais je ne retournerai chez mes parents.

LE MESSAGER

Il est bien clair, mon fils, que tu ne sais ce que tu
[fais.

ŒDIPE

Comment cela, vieillard ? Par les dieux, explique-
[toi.

LE MESSAGER

Si tu évites ta maison à cause de cela…

ŒDIPE

Je crains que Phébus ne devienne véridique.

LE MESSAGER

Que tu contractes une souillure par tes parents ?

ŒDIPE

C'est cela, vieillard, j'en ai toujours peur.

LE MESSAGER

Ne sais-tu pas que ta frayeur est sans cause ?

ŒDIPE

Comment ? puisque je suis leur fils.

LE MESSAGER

Parce que, par le sang, Polybe ne t'était rien.

ŒDIPE

Que dis-tu ? Polybe ne m'a pas engendré ?

LE MESSAGER

Pas plus que moi mais tout autant.

ŒDIPE

Comment comparer mon père à qui ne m'est [rien ?

LE MESSAGER

Mais ni lui ni moi ne t'avons engendré.

ŒDIPE

Mais pourquoi m'appelait-il son fils ?

LE MESSAGER

Parce qu'il t'avait reçu en don, de mes mains.

ŒDIPE

Et il a tant chéri ce don d'un autre ?

LE MESSAGER

Parce qu'il était jusque-là sans enfant.

ŒDIPE

M'avais-tu acheté ou trouvé par hasard ?

LE MESSAGER

Trouvé dans les gorges boisées du Cithéron.

ŒDIPE

Et pourquoi passais-tu par là ?

LE MESSAGER

Je gardais des troupeaux sur cette montagne.

ŒDIPE

Tu étais un berger nomade à gage ?

LE MESSAGER

Mais ton sauveur, mon fils, en ce temps-là.

ŒDIPE

Quel était mon mal quand tu m'arrachas au malheur ?

LE MESSAGER

Tes chevilles pourraient en témoigner[1].

ŒDIPE

Oï ! pourquoi rappeler cette ancienne misère ?

LE MESSAGER

Je détachai tes pieds transpercés.

ŒDIPE

Quelle terrible honte j'ai trouvée dans mes langes !

LE MESSAGER

C'est pourquoi on t'a donné le nom que tu portes.

ŒDIPE

Par les dieux ! à qui la faute ? à mon père ou à ma mère ?

LE MESSAGER

Je ne sais. Celui qui t'a donné à moi le saurait.

ŒDIPE

Tu me tenais d'un autre, tu ne m'avais pas trouvé toi-même ?

LE MESSAGER

Non, un autre berger t'a remis à moi.

ŒDIPE

Qui donc ? est-ce que tu peux le nommer ?

LE MESSAGER

On disait qu'il était à Laïos, je crois bien.

ŒDIPE

À l'ancien roi de ce pays-ci.

LE MESSAGER

Oui, c'était un pâtre de ce roi.

ŒDIPE

Est-il encore vivant que je le voie ?

LE MESSAGER

Vous le sauriez mieux, vous qui êtes du pays.

ŒDIPE

Est-il ici quelqu'un de vous
qui connaisse le pâtre en question,
qui l'ait vu aux champs ou en ville ?
Parlez, c'est le moment d'y voir clair[1].

LE CORYPHÉE

Il n'est autre, je pense, que cet homme des champs
que tu avais désiré voir. Mais Jocaste
pourrait t'en parler beaucoup mieux[2].

ŒDIPE

Femme, sais-tu si l'homme que nous voulions voir
et l'homme dont parle ce vieillard…

JOCASTE

Quoi ? de qui parle-t-il ? ah ! n'en aie cure.
Ne garde pas souvenir de ces vaines paroles.

ŒDIPE

Il ne sera pas dit qu'avec de tels signes
je ne puisse découvrir ma naissance.

JOCASTE

Non, par les dieux ! si tu tiens à la vie
ne cherche pas. Ma souffrance suffit.

ŒDIPE

Qu'on me voie descendre de trois générations [d'esclaves,
ne crains rien, tu n'en paraîtras pas moins noble.

JOCASTE

Crois-moi, je t'en prie, ne fais pas cela.

ŒDIPE

Je ne croirai pas, je veux savoir.

JOCASTE

C'est avec raison et pour ton bien que je parle.

ŒDIPE

Ce bien me fait mal depuis un moment.

JOCASTE

Infortuné, puisses-tu ne jamais savoir qui tu es !

ŒDIPE

Ne me fait-on pas venir ce pâtre ?
Elle, laissez-la se réjouir de sa noble race.

JOCASTE

Iou, iou ! Malheureux : voilà le seul titre
que j'ai à te donner, et plus aucun autre.

Sort Jocaste.

LE CORYPHÉE

Ô Œdipe, pourquoi s'en va-t-elle
aiguillonnée d'une peine farouche ? j'ai peur
que le malheur ne jaillisse de son silence.

ŒDIPE

Qu'il en jaillisse ce qu'il veut ! mais moi,
si humble soit ma souche, j'entends la connaître.
Quant à elle, orgueilleuse comme une femme,
elle a honte sans doute de mon piètre lignage.
Moi, je m'estime l'enfant de la Fortune,
de la Fortune généreuse et je n'en aurai pas honte.
Oui, Fortune est la mère qui m'enfanta.
Les mois de ma vie m'ont fait petit et grand.
Je suis ainsi fait, je ne changerai plus,
je veux savoir quelle est ma race.

LE CHŒUR

Strophe.

Si moi je suis bon prophète,
si j'ai l'âme perspicace,
par l'Olympe ! demain à la pleine lune
tu te verras exalté,
ô Cithéron, compatriote d'Œdipe,

son nourricier, sa mère.
Et tu auras nos danses,
toi le bienfaiteur de nos rois.
Ô Phébus, l'acclamé, puissions-nous ainsi te plaire.

Antistrophe.

Qui t'enfanta, enfant ?
laquelle des bienheureuses
s'unit à Pan qui court la montagne ?
ou laquelle aima Loxias
qui se plaît sur les hauteurs sauvages ?

ou le prince de Kyllène,
ou ce dieu Bacchus qui habite les sommets,
qui t'aurait reçu pour son fils
d'une des nymphes avec qui il s'ébat sur l'Hélicon ?

Entre le serviteur.

ŒDIPE

Si je puis conjecturer, moi qui ne l'ai jamais vu,
il me semble, vieillards, que voici le berger
que nous réclamions. Son grand âge
concorde avec celui de cet homme.
D'ailleurs je reconnais pour être de mes gens
ceux qui le conduisent. Mais tu dois le savoir
mieux que moi, tu as vu ce berger jadis.

LE CORYPHÉE

Je le reconnais, sois-en sûr[1]. Il appartenait à [Laïos,
il était un de ses plus fidèles bergers.

ŒDIPE

Je m'adresse d'abord à toi, Corinthien :
est-ce l'homme dont tu parles ?

LE MESSAGER

C'est lui que tu vois.

ŒDIPE

Eh ! vieillard, toi, regarde-moi
et réponds-moi. Tu appartenais à Laïos ?

LE SERVITEUR

J'étais un esclave non acheté mais né au palais[1].

ŒDIPE

Quel était ton travail, ton genre de vie ?

LE SERVITEUR

J'accompagnais les troupeaux la plupart du temps.

ŒDIPE

Quelles régions fréquentais-tu le plus ?

LE SERVITEUR

Tantôt le Cithéron, tantôt les lieux voisins.

ŒDIPE

Te souviens-tu d'avoir connu cet homme ?

LE SERVITEUR

Que faisait-il ? de quel homme parles-tu ?

ŒDIPE

Celui qui est là. L'as-tu jamais rencontré ?

LE SERVITEUR

Pas assez pour dire tout de suite si je m'en souviens.

LE MESSAGER

Rien d'étonnant, maître. Mais moi je vais
lui remettre en mémoire ce qu'il oublie.
Il se rappelle, j'en suis sûr, que trois fois
sur le Cithéron, lui avec deux troupeaux
et moi avec un, nous passâmes un semestre
ensemble, du printemps au lever d'Arcturus[1].
À l'hiver je ramenais mes bêtes au bercail
et lui les siennes aux étables de Laïos.
Est-ce que je dis ou non ce qui s'est passé ?

LE SERVITEUR

Tu dis vrai, mais voilà bien longtemps.

LE MESSAGER

Maintenant réponds, te souviens-tu de m'avoir donné
un enfant à élever comme mon propre enfant ?

LE SERVITEUR

Quoi ? pourquoi cette question ?

LE MESSAGER

Mon ami, voici celui qui était l'enfant.

LE SERVITEUR

Malheur à toi ! veux-tu vite te taire !

ŒDIPE

Ne le frappe pas, vieillard. C'est pour tes paroles plutôt que pour les siennes qu'on devrait te frapper.

LE SERVITEUR

Mon bon maître, quelle est ma faute ?

ŒDIPE

Tu ne dis rien de l'enfant dont il parle.

LE SERVITEUR

Il parle sans savoir et se met en peine pour rien.

ŒDIPE

Tu ne parles pas de bon gré mais tu parleras de force.

LE SERVITEUR

Par les dieux, tu ne vas pas maltraiter un vieillard.

ŒDIPE

Vite, qu'on lui attache les mains dans le dos[1].

LE SERVITEUR

Malheur ! pourquoi donc ? que veux-tu savoir ?

ŒDIPE

Lui as-tu donné cet enfant dont il parle ?

LE SERVITEUR

Oui. Si seulement j'étais mort ce jour-là !

ŒDIPE

Cela va venir si tu ne dis pas la vérité.

LE SERVITEUR

Je mourrai plus sûrement si je parle.

ŒDIPE

Je crois que cet homme veut gagner du temps.

LE SERVITEUR

Non, je l'ai déjà dit, c'est moi qui l'ai donné.

ŒDIPE

D'où venait-il ? de chez toi ou de quelqu'un [d'autre ?

LE SERVITEUR

Il n'était pas à moi, je l'avais reçu de quelqu'un.

ŒDIPE

De quel citoyen de la ville ? de quelle maison ?

LE SERVITEUR

Non, par les dieux ! non, maître, n'en demande [pas plus.

ŒDIPE

Tu es perdu si j'ai à te le redemander.

LE SERVITEUR

Eh bien, c'était un enfant de chez Laïos.

ŒDIPE

Un esclave ou quelque parent du roi ?

LE SERVITEUR

Oyoï ! voici le plus terrible à dire.

ŒDIPE

Et pour moi à entendre, mais il faut que je l'entende.

LE SERVITEUR

On le disait son fils. Mais ta femme dans la demeure
te dirait bien mieux ce qu'il en est.

ŒDIPE

C'est elle qui te le donna ?

LE SERVITEUR

Oui, roi.

ŒDIPE

Et pour quoi faire ?

LE SERVITEUR

Pour le faire périr.

ŒDIPE

Sa mère ? la malheureuse !

LE SERVITEUR

Par peur d'un funeste oracle.

ŒDIPE

Lequel ?

LE SERVITEUR

Que l'enfant tuerait ses parents.

ŒDIPE

Pourquoi l'avoir remis à ce vieillard ?

LE SERVITEUR

J'ai eu pitié, maître, je croyais
qu'il l'emporterait là-bas dans son pays.
Il t'a sauvé pour de grands malheurs.
Si tu es celui qu'il dit, tu es un malheureux.

ŒDIPE

Iou, iou ! tout deviendrait donc clair.
Ô lumière c'est la dernière fois que je te vois,
je suis né de qui je ne devais pas, je suis uni
à qui je ne dois pas, j'ai tué qui je n'aurais pas dû.

Sortent Œdipe,
le serviteur et le messager.

INTERMÈDE CHORAL
TROISIÈME STASIMON[1]

LE CHŒUR

Strophe I.

Ioh ! générations humaines,
comme votre vie
ne compte pour rien !

Quel homme, quel homme
n'a pour plus grand bonheur
que l'apparence du bonheur
puis cette apparence même s'en va.

Je pense devant ton sort,
ton sort à toi, pauvre Œdipe,
que chez les hommes
rien n'est enviable.

Antistrophe I.

Il visa le plus haut possible
et obtint la chance
d'un bonheur total.

Il détruisit,
ô Zeus, la prophétesse
aux ongles courbes et se leva,
rempart du pays contre la mort.

Alors tu fus notre roi,
tu reçus les plus grands honneurs,
tu fus maître
de Thèbes la grande.

Strophe II.

Et maintenant, qui est plus éprouvé ?
Qui connaît de pires peines, de pires malédictions
dans pareil retournement ?

Ioh ! illustre Œdipe, chère tête,
le même grand havre nuptial
a suffi au fils comme au père.

Comment, comment les sillons de ton père
ont-ils pu, malheureux !
te supporter en silence si longtemps ?

Antistrophe II.

Le temps qui voit tout t'a trouvé malgré toi.
Il condamne le mariage qui n'est pas mariage,
l'engendreur qui est l'engendré.

Ioh ! fils de Laïos, si seulement,
si seulement je ne t'avais pas connu !
Je gémis, mon cri strident monte

de ma bouche. C'est par toi, à vrai dire,
que j'ai repris respiration
et aussi que se ferment mes yeux.

Entre un domestique.

EXODOS[1]

LE DOMESTIQUE

Vous que le pays a toujours honorés le plus,

qu'allez-vous entendre, qu'allez-vous voir !
et quelle lamentation vous élèverez
si vous êtes fidèles à la maison des Labdacides !
Ni l'Ister ni le Phase[1], je pense,
ne laveraient, ne purifieraient cette demeure,
ce qu'elle cache et qu'elle va montrer au jour,
souillures voulues et non involontaires.
Les plus tristes malheurs sont ceux qu'on a voulus.

LE CORYPHÉE

Ceux que nous savions suffisent à nos sanglots.
Que viens-tu donc annoncer de plus ?

LE DOMESTIQUE

Pour être bref et t'instruire vite,
la divine et chère Jocaste est morte.

LE CORYPHÉE

La malheureuse ! Qui en est cause ?

LE DOMESTIQUE

Elle-même. Et le plus affligeant t'échappe
car tu n'as pas vu. Mais tu sauras,
autant que le permet ma mémoire,
ce qu'a souffert la malheureuse[2].
Dès le vestibule passé, prise de fureur,
elle courait vers le lit nuptial,
elle s'arrachait à deux mains les cheveux.
Elle entre, elle claque les portes derrière elle[3].
Et elle appelle Laïos, mort depuis longtemps,
elle évoque les enfants qu'elle en eut jadis
et par qui il mourut, la laissant leur enfanter

une abominable descendance. Elle gémit
sur la couche où, misérable, elle enfanta
son époux de son époux, ses enfants de son enfant.
Je ne sais comment elle a péri – nous n'avons pu
voir ce malheur, car Œdipe s'est précipité
en hurlant et nous l'avons regardé tourner.
Il allait et venait, il nous demandait
une épée, et sa femme qui n'était pas sa femme
mais, glèbe doublement fertile,
sa mère et celle de ses enfants. Dans cette rage
un dieu sans doute l'a renseigné, mais en tout cas
aucun de nous qui étions là. Avec un cri
terrible et comme guidé par quelqu'un, il se rue
sur les deux battants de la porte, il fait sauter
les pentures des gonds, il se jette dans la pièce.
Nous y aperçûmes la femme pendue au lien
qui l'étranglait. Le malheureux, à cette vue,
pousse un rugissement terrible, et rompt le lien.
Le pauvre corps tombe sur le sol
et nous vîmes alors une horrible scène.
Il lui arrache les agrafes d'or dont
elle attachait ses vêtements ; il les lève
et s'en frappe le creux des yeux en disant :
« Ils ne verront plus le mal que j'ai subi
ni celui que j'ai fait. Dans les ténèbres
ils ne verront plus ceux qu'ils ne devaient pas voir,
ne connaîtront plus ceux que je voulais connaître. »
Il répétait ce cri et ne cessait de frapper
sous ses paupières. Le sang de ses prunelles
ruisselait sur ses joues, non pas
un suintement de sang mais une sombre averse,
une grêle de sang qui ruisselait.

Ce n'était pas le malheur d'un seul, mais d'eux
[deux,
le malheur conjoint de l'homme et de la femme.
L'ancien bonheur était vraiment jusque-là
un bonheur, mais n'est plus aujourd'hui
que gémissement, malédiction, mort et honte,
tout ce qu'on peut nommer de pire sans excep-
[tion.

LE CORYPHÉE

Le malheureux a-t-il quelque répit ?

LE DOMESTIQUE

Il hurle qu'on ouvre les portes, qu'on montre
à tous les Cadméens l'homme qui tua son père
et qui avec sa mère… (parole impie que je ne
[saurais redire.)
Il veut s'exiler du pays, ne plus demeurer
dans sa maison, maudit de s'être maudit.
Mais il lui faut un appui et un guide,
sa souffrance est trop grande à porter.
Tu vas le voir car on ouvre les portes.
Tu vas voir un spectacle tel
qu'il ferait pitié même à un ennemi.

Entre Œdipe[1].

LE CORYPHÉE

Ô souffrance horrible à voir,
ô la plus horrible de toutes celles
que j'aie jamais rencontrées !
Quelle folie t'a pris, malheureux ?

quel dieu a bondi
du plus grand des bonds
sur ton malheureux destin ?
Éheu, éheu, misère ! je ne peux pas te regarder.
Je voudrais tellement te questionner,
tellement t'entendre, tellement te voir !
mais tu me fais trembler.

ŒDIPE

Ayaï, ayaï ! malheur à moi !
où suis-je emporté ? malheur !
où ma voix est-elle emportée ?
ioh ! mon destin, où m'as-tu jeté ?

LE CORYPHÉE

Dans une horreur qu'on ne saurait voir ni entendre.

ŒDIPE

Strophe I.

Ô ténèbres,
exécrable nuée que voilà venue sur moi,
indicible, indomptable, sans retour.

Misère !
et misère encore plus ! À la fois me transpercent
l'aiguillon des pointes et le souvenir des malheurs.

LE CORYPHÉE

Rien d'étonnant que de pareilles peines
soient double deuil, double malheur.

ŒDIPE

Antistrophe I.

Ô ami,
toi seul restes encore à mes côtés.
Consens encore à soigner un aveugle.

Éheu !
éheu, je ne me trompe pas, malgré mes ténèbres
je te reconnais et c'est bien ta voix.

LE CORYPHÉE

Quelle horreur tu as faite ! comment as-tu osé te détruire les yeux ? quel dieu t'y poussa ?

ŒDIPE

Strophe II.

C'est Apollon, Apollon, mes amis
qui a fait ces malheurs, mes malheurs, mes souf-
[frances.
Mais personne n'a frappé de sa main mes yeux
que moi-même, misère !

Que me fallait-il voir encore
quand plus rien ne m'était doux à voir ?

LE CHŒUR

C'est bien vrai, tu l'as dit.

ŒDIPE

Que pouvais-je voir encore de supportable ?
et quelle parole, mes amis,
puis-je encore entendre avec plaisir ?

Emmenez-moi au plus vite loin de ce lieu,
emmenez, mes amis, ce grand fléau
le plus maudit qui soit,
l'homme le plus détesté des dieux.

LE CORYPHÉE

Ton âme t'accable autant que tes malheurs. Comme j'aurais voulu ne jamais te connaître !

ŒDIPE

Antistrophe II.

Périsse celui qui sur un pâturage
me prit par mes pieds liés et me délivra
de la mort, me sauva. Ce n'était guère
me rendre service.

Si j'avais alors péri
je ne serais pas un tel mal pour moi et pour les miens.

LE CHŒUR

Moi aussi je l'aurais voulu.

ŒDIPE

Je ne serais pas devenu l'assassin de mon père
et on ne pourrait pas dire
que je suis l'époux de celle dont je suis né.

Mais je suis un impie et un fils d'impies
et le père des enfants de ma mère.
Ah ! s'il est un malheur
plus grand que le malheur, c'est le lot d'Œdipe.

LE CORYPHÉE

Je ne saurais trouver bonne ta décision. N'être plus valait mieux que vivre aveugle.

ŒDIPE

Ne m'explique pas que ce n'est pas là
ce que j'avais de mieux à faire, ne me conseille [plus.
Si j'y voyais, de quels yeux regarder mon père
à mon arrivée dans l'Hadès,
ou une malheureuse mère quand sur tous deux
j'ai fait pis que de quoi se pendre.
Et mes enfants, nés comme ils sont nés,
aurai-je envie de voir leur visage ?
Je ne verrai plus jamais de mes yeux cette cité
ni les remparts, ni les saintes effigies des dieux.
Je m'en suis banni moi-même, malheur !
quand, illustre comme pas un des fils de Thèbes,
j'ai donné ordre à tous de chasser cet impie,
celui que les dieux révélaient impur
et de la race de Laïos.
Après avoir dénoncé ma souillure
allais-je les regarder en face ? Certes non.
Et si je pouvais fermer les sources de l'ouïe
dans mes oreilles, je n'hésiterais pas
à claquemurer mon pauvre corps, qu'il soit
aveugle et sourd, car il est doux de rester
étranger à la conscience de ses malheurs.
Ô Cithéron, pourquoi m'avoir accueilli ? Pour- [quoi
ne m'avoir pas pris et tué sur l'heure pour que [jamais
je ne montre aux hommes de qui je suis né ?
Ô Polybe, ô Corinthe, ô vieux palais
qu'on disait paternel, quelle plaie mauvaise
vous nourrissiez en moi sous la belle apparence !

On voit maintenant que je suis coupable, fils de [coupables.
Ô bifurcation des chemins, vallon caché,
chênaie, fourche des routes dans la combe,
vous avez bu le sang de mon père, mon sang
versé par mes mains. Vous rappelez-vous
quels crimes j'ai commis chez vous, et ceux
qu'une fois ici je commis encore ? Noces, noces,
vous m'avez fait naître puis vous avez fait lever
à nouveau la même semence, vous avez montré
des pères qui sont les frères des fils,
des femmes épouses et mères du même homme,
tout ce qu'on peut faire de plus honteux chez les [humains.
Mais puisqu'on ne doit pas dire ce qu'on ne doit [pas faire,
vite, par les dieux ! cachez-moi hors d'ici,
tuez-moi, jetez-moi à la mer,
là où jamais plus on ne me voie.
Allons, daignez toucher à un malheureux.
Croyez-m'en, ne craignez rien, car mes malheurs,
il n'est que moi qui puisse les porter.

LE CORYPHÉE

Voici, justement, pour ce que tu demandes,
Créon qui peut agir et conseiller
puisqu'il reste, à ta place, seul gardien du pays.

Entre Créon.

ŒDIPE

Oyoï ! quelle parole vais-je lui dire ?

à quel titre invoquerai-je sa confiance ?
moi qui viens de le traiter si mal.

CRÉON

Je ne viens pas rire de toi, Œdipe,
ni te reprocher tes injustices passées.
Mais vous, si vous ne respectez plus la race
[humaine,
respectez au moins la flamme du seigneur Soleil
qui nourrit tout, ayez honte de lui montrer
sans voile un tel sacrilège dont ne veulent
ni la terre, ni l'onde sacrée, ni la lumière.
Renvoyez-le au plus vite dans sa maison :
c'est aux parents seuls, par piété,
de voir et d'entendre les malheurs d'un parent.

ŒDIPE

Par les dieux, puisque tu m'ôtes mes craintes en
[venant,
le meilleur des hommes, vers moi, le plus mauvais,
[écoute,
je vais parler dans ton intérêt, non dans le mien.

CRÉON

Que veux-tu donc pour me prier de la sorte ?

ŒDIPE

Rejette-moi au plus vite hors de ce pays
là où je n'aie plus personne à qui parler.

CRÉON

Je l'aurais fait, sois-en sûr, si je n'avais d'abord
voulu apprendre du dieu ce que je devais faire.

ŒDIPE

Mais il a publié sa sentence :
parricide et impie, je dois mourir.

CRÉON

Il l'a dit, mais dans la détresse où nous sommes
mieux vaut lui demander quoi faire.

ŒDIPE

Vous allez consulter sur le pauvre homme que je
[suis ?

CRÉON

Certes et, sans doute, tu en croiras le dieu.

ŒDIPE

Je te demande aussi, je t'adjure d'ensevelir
comme tu voudras celle qui est dans la demeure ;
il est normal que tu t'occupes des tiens.
Quant à moi, que jamais de ma vie
je n'aie demeure en cette cité de mes pères.
Laisse-moi habiter une montagne, celle qu'on
[appelle
mon Cithéron et que mon père et ma mère
m'avaient, de leur vivant, voulu pour tombe.
Ainsi mourrai-je par ceux qui voulurent ma perte.
Je sais pourtant que la maladie ne me détruira pas
ni rien d'autre. Si, moribond, je fus sauvé
ce n'a pu être qu'en vue d'un terrible malheur.
Ah ! que mon destin aille où il doit.
Créon, ne te fais pas de souci

pour mes fils, ce sont des hommes ;
où qu'ils soient ils auront de quoi vivre.
Mais mes deux pauvres malheureuses filles
pour qui jamais table n'a été servie
sans que j'y sois, et tout ce que je touchais
elles en avaient toujours leur part,
aie soin d'elles. Oh ! laisse-moi les toucher
de mes mains et pleurer nos malheurs.
Oui, prince,
oui, généreux, que je les touche de mes mains
et je les croirai là comme quand je voyais clair.
Que dis-je ?
par les dieux ! est-ce que je n'entends pas
pleurer mes deux filles ? est-ce que Créon a eu
la pitié de m'envoyer mes deux filles très chères,
est-ce vrai ?

Entrent Antigone et Ismène.

CRÉON

Oui, c'est moi qui les ai amenées pour te plaire,
je savais que tu en avais le désir.

ŒDIPE

Sois béni. Et, pour cette visite-là,
qu'un dieu te garde mieux qu'il ne m'a gardé.
Mes enfants, où êtes-vous ? venez ici,
approchez-vous de mes mains fraternelles
qui, de ces yeux jadis lumineux de votre père,
ont fait ce que vous pouvez voir.
Votre père, mes enfants, sans le voir, sans le [savoir
vous a fait naître du sein dont il était né.

Incapable de vous voir je pleure sur vous en songeant
à l'amertume de votre vie désormais,
combien vous serez à la merci des gens pour vivre.
À quelles assemblées de citoyens irez-vous,
à quelles cérémonies d'où vous ne reveniez vite
pleurer à la maison au lieu d'être de la fête ?
Quand vous serez à l'âge des noces
qui est-ce qui osera, mes enfants,
prendre sur lui des hontes pareilles,
aussi désastreuses pour vous que pour mes parents ?
Quel crime y manque-t-il ? Votre père
a tué son père, il a fécondé les entrailles
où il avait été conçu, il vous a engendrées
du sein même dont il était né.
Vous en porterez la honte, et qui vous épousera ?
Personne, mes enfants. Il vous faudra bien
finir inféconde et vierges.
Fils de Ménécée, il ne reste que toi
pour être leur père. Nous qui les avons fait naître
sommes tous deux morts. Alors ne laisse pas
tes parentes errer mendiantes et sans mari.
Empêche que leur malheur soit égal au mien.
Aie pitié d'elles. Vois qu'elles sont jeunes
et abandonnées de tous. Elles n'ont que toi.
Promets-le-moi, ô généreux, touche-moi la main.
Vous mes enfants, si vous pouviez déjà comprendre,
que de conseils je vous donnerais. Mais faites-moi vœu,
où que vous ayez à vivre, d'avoir une vie
meilleure que celle du père qui vous a engendrées.

CRÉON

C'est assez pleurer. Rentre dans ta maison.

ŒDIPE

Il faut obéir, quoique sans joie.

CRÉON

Tout ce qu'on fait à temps est bon.

ŒDIPE

Sais-tu à quelle condition je m'en irai ?

CRÉON

Dis-le que je le sache.

ŒDIPE

Que tu m'envoies loin du pays.

CRÉON

C'est le dieu qui peut le faire.

ŒDIPE

Mais les dieux m'ont en haine.

CRÉON

Alors tu seras exaucé.

ŒDIPE

Tu y consens ?

CRÉON

Je ne dis jamais ce que je ne pense pas.

ŒDIPE

Emmène-moi donc tout de suite.

CRÉON

Viens donc, laisse tes filles.

ŒDIPE

Non, ne me les enlève pas.

CRÉON

Tu veux toujours triompher
mais tes triomphes ne t'ont pourtant guère réussi.

Sortent Œdipe et Créon.

LE CORYPHÉE[1]

Gens de Thèbes, ma patrie, regardez cet Œdipe
qui savait les fameuses énigmes. Il triomphait.
Personne ne pouvait voir sa fortune sans l'envier.
Dans quel tourbillon de malheurs horribles il est
[tombé !
On ne doit estimer heureux aucun mortel
avant de voir son dernier jour et qu'il ait atteint
le terme de sa vie sans subir de souffrance.

DOSSIER

CHRONOLOGIE

(495-406 av. J.-C.)

– 495. Naissance de Sophocle (date approximative).

– 490. Première guerre médique. Offensive des Perses. Victoire des Athéniens à Marathon.

– 480. Deuxième guerre médique. Offensive de la flotte perse. Victoire des Grecs à Salamine, à laquelle assiste le jeune Sophocle.
Naissance d'Euripide.

– 479. Une armée perse, qui, l'année précédente, avait franchi le défilé des Thermopyles, est battue à Platées.

– 472. Le poète Eschyle, qui a combattu à Marathon, fait jouer sa tragédie *Les Perses*, qui évoque la bataille de Salamine.

– 468. Sophocle remporte sa première victoire dans un concours de tragédies. Il en remportera vingt-quatre dans l'ensemble de sa carrière. C'est un score exceptionnel.

– 467. Eschyle, *Les Sept contre Thèbes*.

– 460. Eschyle, *Prométhée enchaîné* (datation possible, mais très controversée).

– 458. Eschyle, *L'Orestie* (trilogie comprenant *Agamemnon, Les Choéphores, Les Euménides*).

– 456. Mort d'Eschyle.

– 443. Sophocle remplit les fonctions d'hellénotame, c'est-à-dire de trésorier, chargé d'administrer les finances de la confédération de Délos, à la tête de laquelle se trouvait la cité d'Athènes (il s'agit d'une charge exercée collégialement pour une année ; il y a par an dix hellénotames).

– 442. Sophocle, *Antigone* (date très probable).

– 441. Sophocle est élu stratège (cette charge, comme celle d'hellénotame, est exercée collégialement pour une année ; il y a par an dix stratèges). La charge, très importante, peut prendre la forme d'un commandement militaire. Sophocle a exercé un commandement dans l'expédition des Athéniens contre Samos.

– 438. Achèvement du Parthénon.
Sophocle est élu stratège pour la deuxième fois (date probable).

– 431. Début de la guerre du Péloponnèse, qui oppose Athènes à Sparte. La guerre, qui dure trente ans, se termine par la victoire de Sparte.

– 430. Début de l'épidémie de peste qui ravagea Athènes. On admet que Sophocle fera allusion à cet événement au début de sa tragédie *Œdipe roi*.

– 425. Sophocle, *Œdipe roi* (date conjecturale).

– 422. Euripide, *Les Suppliantes*.

– 421. Sophocle élu stratège pour la troisième fois (date approximative).
Sophocle, *Électre* (date conjecturale).

– 420. Sophocle joue un certain rôle dans l'introduction du culte du dieu Asklépios (fils d'Apollon) à Athènes. Il compose un hymne (péan) en l'honneur du dieu. Son intervention peut avoir été plus importante, mais nos sources, contradictoires, ne permettent pas de l'affirmer avec certitude.

– 411. Sophocle fait partie du collège des trente commissaires (*probouloï*) qui votent la fin du régime démocratique et l'établissement du régime oligarchique des Quatre Cents. Il tente ensuite de lutter contre les excès des oligarques extrémistes.

– 409. Euripide, *Les Phéniciennes*, tragédie qui raconte l'histoire des frères ennemis (date approximative).

– 406. Sophocle, *Œdipe à Colone* (représenté en – 401). Mort de Sophocle. Mort d'Euripide.

J.-L. B.

BIBLIOGRAPHIE

LES ŒUVRES DE SOPHOCLE

Par ordre chronologique de parution

Tragiques grecs. Eschyle, Sophocle, traduction de Jean Grosjean, introduction et notes de Raphaël Dreyfus, Gallimard, coll. « Bibliothèque de la Pléiade », 1967.

Sophocle, *Tragédies complètes*, traduction de Paul Mazon, préface de Pierre Vidal-Naquet, notes de René Langumier, Gallimard, coll. « Folio classique », 1973.

Sophocle, *Théâtre complet*, présentation et traduction de Robert Pignarre, Garnier Flammarion, 1981.

Les Tragiques grecs. Eschyle. Sophocle. Euripide. Théâtre complet, traduction de Victor-Henri Debidour, Le Livre de poche, 1999.

LES TRADUCTIONS D'*ŒDIPE ROI*

Par ordre chronologique de parution

Par Paul Masqueray, Les Belles Lettres, 1922.

Par Robert Pignarre, Garnier, 1934 (reprise en poche, Garnier Flammarion, coll. « GF », 1993).

Par Paul Mazon, Les Belles Lettres, 1955 (reprise en

poche, édition bilingue, Les Belles Lettres, coll. « Classiques en poche », 2002 ; et chez Gallimard, dans *Théâtre complet*, coll. « Folio classique », et en volume séparé, coll. « Folioplus classiques »).

Par Jean Grosjean, Gallimard, coll. « Bibliothèque de la Pléiade », 1967 (reprise en « Folio classique »).

Par Victor-Henri Debidour, Librairie générale française, coll. « Le Livre de poche », 1994.

ÉTUDES SUR SOPHOCLE

BOWRA, Cecil Maurice, *Sophoclean Tragedy*, Oxford, Clarendon press, 1944.

GERMAIN, Gabriel, *Sophocle*, Seuil, coll. « Écrivains de toujours », 1969.

JOUANNA, Jacques, *Sophocle*, Fayard, 2007.

LACARRIÈRE, Jacques, *Sophocle, dramaturge*, L'Arche, 1960.

MACHIN, Albert et PERNÉE, L. (dir.), *Sophocle. Le texte, les personnages*, Aix-en-Provence, Publications de l'université de Provence, 1993.

REINHARDT, Karl, *Sophocle* [1933], traduction et préface d'Emmanuel Martineau, Minuit, 1971.

SEGAL, Charles, *Sophocles' Tragic World*, Cambridge (MA), Harvard University Press, 1995.

SOLGER, Karl, *Sur Sophocle et la tragédie grecque*, texte traduit, présenté et annoté par Noemi Angehrn, préface de Philippe Grosos, Lausanne / Paris, L'Âge d'homme, 2010.

ÉTUDES SUR *ŒDIPE ROI*

BOLLACK, Jean, *L'*Œdipe roi *de Sophocle. Le texte et ses interprétations*, Villeneuve-d'Ascq, Presses universitaires de Lille, coll. « Cahiers de philologie », 1990.

— *La Naissance d'Œdipe. Traduction et commentaires d'*Œdipe roi, Gallimard, coll. « Tel », 1995.

CROISET, Maurice, Œdipe roi *de Sophocle*, Mellottée, [s. d.] [c. 1929].

FOUCAULT, Michel, *Leçons sur la volonté de savoir. Cours au Collège de France, 1970-1971*, suivi de *Le savoir d'Œdipe*, édition établie par Daniel Defert, sous la direction de François Ewald et Alessandro Fontana, EHESS / Gallimard / Seuil, coll. « Hautes Études », 2011.

— *Du gouvernement des vivants. Cours au Collège de France, 1979-1980*, édition établie par Michel Senellart, sous la direction de François Ewald et Alessandro Fontana, EHESS / Gallimard / Seuil, coll. « Hautes Études », 2012.

FREUD, Sigmund, *Lettres à Wilhelm Fließ, 1887-1904*, édition complète établie par Jeffrey Moussaieff Masson, traduction de Françoise Kahn et François Robert, PUF, 2006.

GREEN, André, *Un œil en trop. Le complexe d'Œdipe dans la tragédie*, Minuit, 1969.

SCHERER, Jacques, *Dramaturgies d'Œdipe*, PUF, coll. « Écriture », 1987.

VERNANT, Jean-Pierre et VIDAL-NAQUET, Pierre, *Œdipe et ses mythes*, Complexe, coll. « Historiques », 2006.

ÉTUDES SUR LA TRAGÉDIE GRECQUE

DUCHEMIN, Jacqueline, *L'Agôn dans la tragédie grecque* [1945], Paris, Les Belles Lettres, 1968.

HUMBERT-MOUGIN, Sylvie, *Dionysos revisité. Les tragiques grecs en France de Leconte de Lisle à Claudel*, Paris, Belin, 2003.

JUDET DE LA COMBE, Pierre, *Les tragédies grecques sont-elles tragiques ?* Bayard, 2010.

KOTT, Jan, *Manger les dieux. Essais sur la tragédie grecque et la modernité*, Payot, 1975.

LORAUX, Nicole, *La Voix endeuillée. Essai sur la tragédie grecque*, Gallimard, coll. « NRF essais », 1999.

ROMILLY, Jacqueline de, *La Tragédie grecque*, PUF, 1970.

— *Le Temps dans la tragédie grecque*, Vrin, 1971.

ROY SAÏD, Suzanne, *La Faute tragique*, La Découverte, 1978.

J.-L. B.

Œdipe et Jocaste
(*Œdipe roi* de Pasolini).

ŒDIPE ROI DE PASOLINI

L'ADAPTATION D'*ŒDIPE ROI* DE SOPHOCLE

Le film se compose de quatre séquences allant de la naissance d'Œdipe dans le prologue à l'âge mûr dans l'épilogue, avec au centre deux séquences qui correspondraient à la partie mythique de la pièce Sophocle : l'enfance d'Œdipe et la tragédie d'Œdipe. La charnière entre ces deux séquences serait le meurtre de Laïos, amenant à la fois le royaume d'Œdipe et sa chute. Pasolini reprend donc la tragédie antique en la citant sans pour autant l'adapter fidèlement : il passe de la Grèce antique à l'Italie moderne, s'intéresse autant au mythe d'Œdipe qu'à la pièce de Sophocle et, plus encore, inscrit Freud et le complexe d'Œdipe dans la pièce originelle. Ainsi Pasolini réécrit la pièce de Sophocle en en modifiant le contenu par un savant mélange de suppressions et d'ajouts.

Tout d'abord, au plan formel, les vers de la pièce disparaissent au profit d'une prose généralisée. Le chœur, qui, chez Sophocle, décrivait à la fois la situation et la pensée des personnages ou explicitait l'intrigue et l'ambiance de la pièce, est supprimé et remplacé par des chants et musiques populaires. Comme le spectateur ne comprend pas les paroles de ces chants, Pasolini les utilise pour susciter une émotion générale comme la tristesse ou la compassion. Ainsi, dans les scènes où les personnages ne parlent pas mais se regardent, Pasolini insère des intertitres pour expliciter leurs pensées et établir une sorte de communication entre les esprits.

Si les critères du tragique sophocléen sont respectés (la coïncidence tragique dans la recherche de la vérité et de la culpabilité, la dualité du héros, la confusion des statuts – Œdipe à la fois sauveur et tyran, ou Jocaste mère et épouse –, et la présence de la mort), ils sont toutefois réorganisés et transformés sous l'œil du cinéaste. Pasolini accorde beaucoup d'importance aux détails et passe très rapidement sur des éléments essentiels de l'histoire d'Œdipe : c'est le cas notamment de la découverte de son identité. Chez Sophocle, la prise de conscience est progressive ; elle se fait tout au long d'une série de dialogues et de rencontres, elle est dramatisée et se pose comme la charnière de la pièce. Chez Pasolini, elle est brièvement contée et le dénouement reste en suspens, par une ellipse qui interrompt la révélation de la naissance d'Œdipe. Entre l'arrivée du serviteur venu annoncer la mort de Polybe et le moment où Œdipe va voir le berger de Thèbes, témoin de l'assassinat de Laïos, aucune indication causale n'est donnée, à tel point que le spectateur ignore le cheminement vers la reconnaissance de la vérité.

Enfin, l'innovation majeure de Pasolini réside dans la création d'un prologue et d'un épilogue, sorte de « préhistoire » (prologue) et de prolongement (épilogue) à l'histoire d'Œdipe. Si le prologue se comprend bien comme une justification du complexe d'Œdipe marqué par un attachement excessif du fils à sa mère, la présence de l'épilogue est à analyser. En s'inspirant en partie de l'autre pièce de Sophocle, *Œdipe à Colone*, Pasolini ouvrirait la réflexion sur le mythe d'Œdipe à l'époque contemporaine, comme une forme de tragédie humaine intemporelle. Le temps passe, les personnages changent, les rôles s'inversent – c'est désormais Œdipe qui suit un serviteur –, les lieux évoluent mais la marginalisation d'Œdipe demeure, condamné qu'il est à jouer de la flûte sans que quiconque ne s'intéresse à son art. Cependant, les thématiques de l'aveuglement et de l'errance rappellent Tirésias qu'on identifie à un prophète et qu'Œdipe admirait, comme le souligne l'intertitre lors de la catastrophe causée par la sphinge, la maladie qui ravage la contrée : « Comme je voudrais être toi ! Toi qui chantes, car tu es au-delà du destin ! » Ainsi, paradoxalement, c'est une fois aveugle qu'Œdipe atteint une forme de sagesse et de clairvoyance sur la décadence du monde qui l'entoure : il serait alors lucide et résigné sur son sort, incapable d'agir.

UNE ŒUVRE FRAGMENTÉE

Un premier visionnage du film *Œdipe roi* de Pasolini nous donne une impression de rigueur, comme si le cinéaste se plaisait à reprendre les mêmes thèmes et à créer un effet de circularité. Les trois mouvements distincts de l'œuvre que sont le prologue, la partie mythique et l'épilogue cachent une structure binaire que l'on pourrait résumer ainsi : prologue-épilogue/mythe. Le prologue et l'épilogue se répondent tant par leur décor que par leur époque (Italie du XXe siècle), avec comme élément de liaison le pré. Effet d'écho, effet de reprise certes, mais sur le mode de la différence. En effet, de l'Italie des années vingt, dans le prologue, on passe à l'Italie contemporaine (1967) dans l'épilogue. Le pré maternel du prologue, avec ses plans en contre-plongée, qui soulignent la vie et l'espoir, se vide de toute présence humaine dans l'épilogue où le surcadrage sur les hauts cyprès et les différents mouvements de plongée symbolisent la chute brutale du héros. Ces « répétitions-différences » montrent que, même si le destin est en marche, il y a toutefois eu une rupture ou une faute (le meurtre de Laïos) qui vient irrémédiablement modifier la vie de personnages aveuglés ou prisonniers. Si cette binarité est à première vue fondamentalement structurante, elle est surtout paradoxale : sous l'apparente répétition, Pasolini dissimule un éparpillement. Rien n'est vraiment pareil et tout est différent. L'effct de structure est donc un leurre qui légitime la présence de ces deux moments annexes à la pièce de Sophocle et donne de l'ordre aux images fragmentées du reste du film.

Un autre constat s'impose. *Œdipe roi* est un film en fragments, marqué par de nombreuses ruptures : de courtes séquences fragmentent l'action, détruisent sa cohérence et imposent une pause ou un blanc. Les gros plans sur le serpent dans le désert ou sur les vautours quand le serviteur doit abandonner l'enfant pourraient se comprendre, dans une perspective symbolique, comme des marques de danger, voire de mort. Cependant, dans le plan qui suit, et sans aucun lien logique, le serviteur de Polybe vient sauver l'enfant, lui apportant par ses bras tout le secours nécessaire ; autrement dit, la cohérence du lien entre les plans est ici à remettre en cause puisque le nouveau-né est sauvé. Cette juxtaposition détruit l'enchaînement causal ou chronologique. Si la tragédie de Sophocle se fonde sur une implacable succession de faits, de la volonté d'Œdipe de guérir Thèbes à la découverte de l'inceste et du parricide, le film de Pasolini est quant à lui fait d'ellipses : dans le prologue, nous voyons Œdipe grandir sans aucune indication temporelle. De même, les dernières images de Jocaste, avant que le spectateur la découvre pendue, la présentent jouant avec ses servantes dans un jardin. Les lenteurs, les blancs et la fragmentation des séquences par « une caméra tronçonneuse », selon l'expression de Florence Bernard de Courville[1], montrent l'ambition de Pasolini : détruire la linéarité de la narration. Ce puzzle narratif serait une métaphore du puzzle identitaire du héros, comme si les miettes visuelles étaient une façon de rendre compte de l'identité d'Œdipe,

1. Florence Bernard de Courville, Œdipe roi *de Pasolini. Poétique de la mimèsis*, L'Harmattan, 2012, p. 88.

elle-même en miettes. À l'absence de lien narratif entre les séquences du film se substituerait symboliquement l'absence d'unité du « moi » oedipien.

« ÉCRIRE LA RÉALITÉ », LA FONCTION DU LANGAGE CINÉMATOGRAPHIQUE PASOLINIEN

Pasolini se propose, par son cinéma, d'enregistrer la réalité : il capte des visages, des corps, des morceaux de nature et ne recherche en aucun cas à restituer la totalité d'un être humain ou la globalité d'un paysage. Cette présence sensorielle, que l'on perçoit jusque dans les pulsations des cœurs, les soupirs ou les violents éclats de rire, ainsi que les plans resserrés sur les visages et les gestes, permettent de montrer le réel et non de le représenter (au sens de « reproduire par des procédés visant l'illusion »). Pasolini s'appuie donc sur la dimension expressive du cinéma, comme si le geste du cinéaste ne devait pas défaire ce que la nature a fait, mais l'enregistrer. En effet, Pasolini reconnaît que « le cinéma n'évoque pas la réalité, comme la langue de la littérature ; il ne copie pas la réalité comme la peinture ; il ne mime pas la réalité, comme le théâtre. Le cinéma reproduit la réalité : image et son[1]. » Il se donne comme objectif d'exprimer la réalité et de la montrer telle qu'elle est sans fioritures ni détour, sans s'embarrasser de procédés superflus. Il suffit de penser aux différents gros plans sur les corps ravagés par la peste, ou sur les corps mutilés des serviteurs de Laïos dans le désert, pour se rendre compte que Pasolini montre la réalité de façon matérielle et expressive.

Plus encore, Pasolini fait sentir la présence de sa caméra, qui révèle elle-même son propre travail. Dans le

1. Pier Paolo Pasolini, *L'Expérience hérétique. Langue et cinéma*, Payot, 1976, p. 199.

Œdipe, aveugle, guidé par un serviteur
(*Œdipe roi* de Pasolini).

prologue, la caméra mobile qui longe la rue « regarde » par la vitre et assiste à l'accouchement, nous montrant qu'il s'agit d'une captation directe de la réalité. De même, dans la scène du meurtre de Laïos, le soleil éclate sur l'objectif et vient aussi bien aveugler le spectateur qu'Œdipe qui va tuer son père. Enfin, la succession de deux plans en champ/contrechamp ou les constantes références à des bruits en hors champ, comme le bruit de bottes militaire dans le prologue, créent une impression de cinéma panoramique qui renforce l'appréhension du réel. Le spectateur n'a pas seulement l'impression d'être à la place du héros Œdipe : il est lui-même le héros Œdipe. Rares sont donc les moments où il en sait plus que le personnage, et rien ne lui est donné que le personnage n'ait vu ou qu'il ne soit en train de voir. En témoignent les plans sans Œdipe, en panoramique ou en *travelling*, dans le désert, qui montrent le point de vue du héros hésitant sur la route à choisir. Ainsi, la caméra n'est pas un trait d'union qui lie les séquences du film ; au contraire, elle découpe des images et crée du mouvement, comme pour montrer la réalité de la façon la plus expressive qui soit, dans toute son incohérence et son absurdité. Pasolini ne cherche donc pas à « faire vrai », comme le voudrait le réalisme, ou à « expliquer le vrai », comme le voudrait le naturalisme ; il montre la réalité par la réalité, par un système de mimiques, par des sons et des gestes, qui ne visent pas l'illusion.

LE MÉLANGE DES STYLES ET DES GENRES

Une des caractéristiques du film de Pasolini est le mélange des genres. Si *Œdipe roi* de Sophocle est une tragédie respectant tous les codes du genre, le film de Pasolini mélange quant à lui sérieux et comique. L'épisode clé de l'oracle de Delphes est rendu comique par l'indétermination sexuelle de l'oracle. Voix rauque masculine ? Voix suave féminine ? Impossible de discerner l'homme de la femme, et donc d'être sûr de sa légitimité. Ce subtil travestissement vient jeter une forme de discrédit sur l'oracle dont le sérieux des propos est désormais mis en débat.

Cette esthétique bigarrée est liée au brouillage de tous les repères auxquels le spectateur pourrait se raccrocher. Les lieux semblent faux et font référence à des univers contradictoires. Dans le prologue, voyant « Tebe » écrit sur une pierre, le spectateur s'attend à tous les stéréotypes de la Grèce ; or, dans les plans qui suivent, le décor est typique de l'Italie. De même pour la partie mythique censée se dérouler en Grèce : nous ne retrouvons aucune marque d'architecture grecque, aucun costume grec mais des costumes appartenant à la culture africaine ancienne, avec les masques de coquillages et de raphia, les armures de quincaillerie, les costumes primitifs ou intemporels. L'Antiquité grecque est donc pastichée, reléguée au rang de simulacre, révélant ainsi le mensonge de la fiction. Cette imitation déformée du mythe obéit toutefois au principe plus fort du renversement : Pasolini pastiche, détourne et emporte avec lui, dans son travail de sape, toute forme d'autorité. En effet, quand Œdipe devient roi de Thèbes, il porte le même couvre-chef et la même barbe que ceux du père qu'il a tué dans le désert. Ironie tragique ? Dégradation comique ? Il n'en demeure pas moins que le pouvoir est pastiché : Œdipe n'est plus qu'imposteur dans une scène de travestissement tragique.

Enfin, le désordre stylistique d'*Œdipe roi* crée un effet de saturation qui confine presque au vertige. Le magma sonore – bruit de bottes militaire dans le prologue, chants populaires russes, rythmes nord-africains cohabitant avec un quatuor de Mozart, chant des grillons et omniprésence des cris – atteste d'une contamination de la bande-son allant de la manifestation la plus désorganisée de la voix (le cri) à la répétition mélodieuse (Mozart). Ainsi, le cinéaste opte pour la rencontre d'éléments disparates au sein d'un vaste réceptacle qui constituerait l'unité du film, ce qui fait dire à Florence Bernard de Courville que le style pasolinien est « un style sans style ».

L'OUVERTURE VERS LE RÊVE

Malgré l'ambition de Pasolini d'enregistrer le réel et de faire du cinéma la langue écrite de la réalité, le spectateur se heurte au désordre et à des indices discordants qui délocalisent le film vers un ailleurs mythique. En utilisant une tragédie qui est déjà là, Pasolini se transporte à l'époque ancienne pour raconter une histoire contemporaine. Il évite ainsi de montrer des scènes banales de l'époque moderne, de répéter une histoire classique avec une simple variation, pour mieux faire travailler son imagination fantastique sur cet univers lointain. Pasolini l'a d'ailleurs dit : « Je n'ai rien voulu reconstruire du point de vue archéologique ou philologique. Je n'ai [...] lu aucun texte critique ou historique [...] concernant ce "Moyen Âge" grec où je voulais situer l'histoire. J'ai tout inventé. Pour moi, c'est la partie la plus inspirée du film[1]. » Dans le prologue, c'est l'instant présent qui est valorisé au détriment de la notion de durée ; l'absence de parole et de narration chronologique produit une discontinuité énigmatique qui rejette les limites entre passé, présent et futur. De même, Pasolini rajoute très souvent des éléments insolites voire fantastiques dans ses séquences. Ces éléments retiennent l'attention du spectateur qui ne croit plus à la réalité. On pourrait parler d'« images-tableaux » qui mettent en valeur ce que connotent les séquences isolées plus que ce qu'elles dénotent, renvoyant plus à l'impression qu'à l'analyse. Ainsi, la nudité du désert sud-marocain, les teintes jaunes du sable, l'ocre des paysages

1. « Rencontre avec Pier Paolo Pasolini par Jean Narboni », *Cahiers du cinéma*, n° 192, août 1967.

et le rouge vif de la citadelle entrent en corrélation avec les ustensiles, les instruments de musique, les matériaux, et donnent une impression de rudesse, d'agressivité voire de répugnance. Le but est moins de dire que de susciter une forme de rêve, d'irréalité, sans ancrage référentiel. Cette ambiguïté est encore plus marquée dans la topographie qui révèle un caractère surnaturel. Le leitmotiv du carrefour des routes en est la preuve ; par un brouillage de couleurs, par un mouvement de *travelling*, Pasolini donne l'impression qu'Œdipe se déplace dans un lieu imaginaire, impossible à cartographier, d'autant que le jeu de champ/contrechamp revient constamment comme pour métamorphoser les distances et transformer le réel. Ainsi, lors de l'abandon du nouveau-né dans le désert, le serviteur de Laïos et le berger de Corinthe apparaissent à la fois très éloignés l'un de l'autre et très proches, tant le mouvement de rotation de la caméra est rapide, reléguant le spectateur médusé dans un ailleurs onirique où le calcul des distances est rendu difficile. Pasolini crée ainsi des lieux surnaturels peuplés non pas d'êtres vivants mais de fantômes, d'ombres, de figures réifiées qui évoluent dans un au-delà inconnu comparable au rêve : dans l'épilogue, Œdipe, aveugle, déambulant dans les rues de Bologne, n'est plus qu'un corps désincarné, qui vit en dehors du monde, forcé de compter sur Angelo qui, lui, reste ancré dans le monde qui l'entoure.

UN ŒDIPE ANTIHÉROÏQUE

L'Œdipe de Pasolini n'a plus guère de points communs avec l'Œdipe de Sophocle, bon roi, bon époux et bon père. On le voit tricher au disque, se mordre constamment la main ou se cacher derrière elle – deux manifestations explicites d'une peur panique –, courir sans raison et de façon très spontanée. C'est donc un héros insaisissable dont la plus grande crainte est de savoir qui il est vraiment et qui se cache derrière le nom « Œdipe ». Il n'hésite d'ailleurs pas à mentir sur son nom en ayant recours à des périphrases comme « le boiteux », « l'homme aux-pieds-gonflés ». Plus encore, ses réactions sont hyperboliques et aboutissent même à une cruauté extrême et irraisonnée, comme lors du meurtre du Laïos commis avec une très grande violence ou lors du meurtre du Sphinx qu'il tue sans même avoir tenté de résoudre l'énigme. Héros violent, barbare et irraisonné, l'Œdipe pasolinien ne cherche pas à savoir ; au contraire, il s'en remet au hasard – comme en témoignent les tours sur lui-même dans le désert pour trouver son chemin – et choisit la violence comme unique solution à tous les dilemmes auxquels il est confronté. Il s'oppose ainsi à l'Œdipe sophocléen qui, lui, est en constante recherche de la vérité : il interroge l'oracle de Delphes, le devin Tirésias et ne ménage pas ses efforts. Par son intelligence et sa détermination, l'Œdipe sophocléen crée sa perte alors qu'il cherche à savoir, tandis que, par sa brutalité et sa lâcheté, l'Œdipe pasolinien se fait coupable de ne pas vouloir savoir et de rester dans une innocence tout enfantine.

Une autre différence entre les deux Œdipe réside dans le lien à la mère. Si, chez Sophocle, la relation d'attachement mère/fils est importante, elle n'est toutefois pas la clé de voûte de l'œuvre, comme elle l'est chez Pasolini. En reprenant les analyses freudiennes sur le complexe d'Œdipe, le cinéaste ponctue toute son œuvre de signes d'attachement fusionnel entre la mère et le fils. Dans le prologue, la longue scène d'allaitement dans le pré est ralentie par les multiples plans fixes sur l'actrice Silvana Mangano, qui interprète Jocaste, dont l'expression ambiguë mêle à la fois quiétude et crainte face à l'avenir. Dans la partie mythique du film, dans la chambre nuptiale, c'est la communion des corps qui est explicitée dans tout ce qu'elle a de plus matériel et de fusionnel. Enfin, dans l'épilogue, Œdipe retourne au pré et ne se détache toujours pas du lien maternel, même si la vérité a éclaté :

certes, Jocaste est morte, mais la nostalgie, connotée par l'intertitre « La vie s'arrête là où tout commence », montre l'attachement indéfectible d'Œdipe à sa mère. Associé aux plans fixes sur les hauts cyprès considérés comme des symboles phalliques, le fantasme initial perdure. En somme, l'Œdipe pasolinien est incapable de dépasser cet acte transgressif et continue à afficher malgré lui cette relation duelle à la mère, illustrant ainsi le concept psychanalytique freudien.

LA DIMENSION AUTOBIOGRAPHIQUE DU FILM

Dans les *Cahiers du cinéma*, Pasolini affirme : « L'enfant du prologue, c'est moi, son père est mon père, officier d'infanterie, et sa mère, une institutrice, est ma mère. Je raconte ma vie, mythifiée, naturellement, rendue épique par la légende d'Œdipe. Mais, comme c'est le plus autobiographique de mes films, *Œdipe* est celui que je considère avec le plus d'objectivité et de détachement. » Dans ce film, Pasolini a choisi de monter ensemble des fragments de situations qu'il a connues. A-t-il recréé une enfance à partir de ce qu'il se rappelait pour illustrer la sienne ou bien a-t-il fabriqué une enfance héroïque pour illustrer son complexe d'Œdipe ? Dans le prologue, la mère porte des vêtements reproduits d'après d'anciennes photographies et le pré pourrait correspondre à celui où sa mère l'emmenait en promenade lorsqu'il était enfant. Dans le film, le costume de l'officier est celui d'un officier des années trente et laisse penser qu'il s'agit d'une image de son père, dont la brutalité est sous-entendue par le bruit de bottes qui martèlent le sol. Cette violence est palpable dans l'intertitre placé à ce moment-là dans le film : « Tu es venu au monde pour prendre ma place, me rejeter dans le néant, me voler ce qui m'appartient. Et ce que tu me voleras en premier, ce sera elle, la femme que j'aime. Tu me voles déjà son amour. » Pasolini explique la rivalité père / fils en racontant – toujours dans l'entretien aux *Cahiers du cinéma* – qu'à trois ans il a cessé d'aimer son père parce que celui-ci lui avait versé du collyre dans les yeux pour calmer les douleurs d'une brûlure. Souvenir anodin certes, mais c'est à cet âge précis que commence à se développer le complexe d'Œdipe, renvoyant ainsi au père toute la responsabilité du malentendu et de la rivalité avec le fils.

Mais l'identification s'arrête là. Une question demeure : pourquoi Pasolini s'intéresse-t-il au mythe et au complexe d'Œdipe alors qu'il n'a bien évidemment pas noué de relation incestueuse avec sa mère ni tué son père ? Une réponse peut être donnée au regard de sa sexualité. Pasolini a mené une lutte constante contre son homosexualité, l'analysant comme une leçon à apprendre de la vie. Dès lors, l'amour pour la mère et la haine pour le père, figure de l'autorité et du pouvoir, peuvent être compris comme une autojustification de sa sexualité, et son homosexualité peut être lue comme la métaphore d'une relation incestueuse avec sa mère. De même, dans la version de Sophocle, c'est Antigone, sa fille, qui accompagne Œdipe dans son exil, mais, à supposer que Pasolini soit Œdipe, il est logique que le rôle de la fille soit confié à un tiers comme le serviteur-apprenti, Angelo. Dans cette lecture métaphorique du film, l'oracle de Delphes, annonçant le destin tragique du personnage, pourrait incarner sa tendance sexuelle, considérée comme une tare et non comme un choix, condamnant Pasolini à errer en marge des autres, comme Œdipe dans l'épilogue, et à faire porter une malédiction sur le nom Pasolini. Avec *Œdipe roi*, Pasolini dévoile des fragments de l'histoire d'un artiste incompris – comme Œdipe que personne n'écoute jouer de la flûte dans les rues de Bologne –, dont la sexualité avait les contours d'une force oppressante.

ROMAIN BERRY

NOTES

PROLOGUE*

Page 55.

1. C'est, de tous les prologues des tragédies grecques conservées, le plus long : véritable premier acte, composé de deux scènes : la supplication à Œdipe ; l'arrivée de Créon. Le début ressemble à celui des *Sept contre Thèbes* d'Eschyle, qui l'a sans doute inspiré. Même lieu (ou à peu près) : à Thèbes devant le palais royal. Mise en scène analogue aussi : une foule d'enfants et de vieillards auxquels le roi, sortant du palais, s'adresse. Les circonstances sont cependant différentes. Elles seront exposées en partie dans le discours d'Œdipe (lieu suggéré par l'allusion à Cadmos ; situation ; nom du roi qui se nomme lui-même), en partie, et surtout, par la réponse du prêtre. Qu'il y ait, dans cette exposition, des éléments artificiels et destinés uniquement au spectateur, cela ne doit pas étonner, c'est la loi du genre (il est naturellement peu vraisemblable qu'Œdipe ait besoin de demander les raisons de la douleur populaire ; aussi bien lui-même a-t-il devancé les requêtes qu'on lui adresse, puisque déjà il a envoyé Créon à Delphes). Ce sont là les conventions du théâtre, telles qu'elles se perpétueront dans toutes les tragédies classiques.

2. *Enfants* : le mot est susceptible de deux interprétations : ou bien comme terme d'affection, employé par le roi envers ses sujets ; ou bien parce que la foule est composée essentiellement de jeunes enfants. Il est difficile, d'ailleurs, de séparer absolument l'une de l'autre. De même, « jeunes surgeons » (jeunes pousses) peut être simplement employé par opposition à « l'antique Cadmos » (fondateur mythique de Thèbes), ou être une allusion plus précise à l'âge des suppliants (voir ci-dessous, p. 56, n. 1). Les Thébains sont appelés « peuple de Cadmos », comme dans les *Sept*, mais il n'y aura pas, au cours de la pièce, le même parti pris de ne pas nommer Thèbes.

3. *Sous cette couronne de rameaux suppliants* : l'interprétation la plus plausible de ce vers, dont la traduction littérale est difficile, est celle de Marie Delcourt (dans la revue *L'Antiquité classique*, 1937, p. 63-70) : les rameaux de suppliants (rameaux entourés de bandelettes de laine) que les Thébains élèvent au-dessus de leur tête forment une couronne.

4. *Que tous nomment l'illustre Œdipe* : il serait excessif de voir dans cette expression une manifestation de l'orgueil d'Œdipe (dont il donnera d'autres preuves) ; le vers est plus poétique (à couleur épique) que psychologique. Tout ce début est grandiose et solennel.

5. *Œdipe* : la reprise du nom complète l'exposition.

Page 56.

1. *Les autres* est généralement interprété comme un pluriel emphatique ou de généralisation (par opposition avec « *les uns* ») ; il désignerait le prêtre seul, qui serait aussi l'unique « vieillard », conduisant les enfants. En ce qui concerne le nombre des vieillards, la question est moins claire, et il est difficile de décider à coup sûr. L'hypothèse du « prêtre seul » parmi les enfants paraît confirmée par les vers 31-32 ; celle d'un groupe de vieillards paraît mieux répondre à la conception d'une mise en scène grandiose et inspirée de celle des *Sept*. Il est de même difficile de dire si, au vers 15, « les

autels » est un pluriel emphatique ou s'il y a plusieurs autels ; la première explication paraît plus vraisemblable pour l'équilibre du décor. C'est peut-être la *thymélè** qui remplit cet office. De même, l'expression « *tes autels* » embarrasse. Il est peu plausible qu'on ait élevé des autels (ou même un autel) à Œdipe ; c'est en contradiction avec les vers 31-32 où il est dit qu'ils n'assimilent pas Œdipe à un dieu. Il faut alors entendre : les autels (ou l'autel) de ton palais (l'autel est, par la convention scénique, placé devant la porte ; mais il « appartient » à la maison royale). C'est sur le même autel, vraisemblablement, que Jocaste viendra porter ses offrandes au début du troisième épisode.

2. *Le reste* : pour justifier le caractère de la figuration qui est dans l'*orchestra**. On peut supposer que c'est le reste du peuple qui sera représenté par le chœur lorsqu'il entrera. Sophocle est tenu par les lois du genre qui, depuis trente ans au moins, veulent que le chœur ne soit pas présent au début de la tragédie. Il lui a fallu « diviser » la foule. Il y a donc, hors de la vue du spectateur, une réplique au tableau qu'il a sous les yeux, et son imagination doit compléter l'un par l'autre.

3. *Les deux temples de Pallas* sont celui de Pallas Onka et un autre situé près du fleuve Isménos. – *La cendre prophétique* est un autel formé des cendres des victimes brûlées et dédiées à Apollon, qui y rendait des oracles. Mais, selon Pausanias (IX, XI, 7), ce sanctuaire était celui d'Apollon Spodios (aux cendres) et il n'est pas sûr qu'il doive être identifié avec celui d'Apollon Isménios (près du fleuve Isménos) dont l'oracle était souvent consulté par les Thébains (Hérodote, VIII, 134 ; Pausanias, IV, XXXII, 5) et dont les fondations ont été retrouvées. La topographie des villes étrangères dans Sophocle est souvent plus symbolique qu'exacte (voir le début de l'*Électre*).

4. La description de la peste mêle ici les traits de deux sortes de fléaux, souvent associés par les croyances antiques : une véritable épidémie qui tue les hommes ;

une malédiction qui frappe de stérilité les fruits de la terre et le bétail (voir *Les Euménides* d'Eschyle, v. 814 et suiv.). La maladie rappelle celle qu'évoque le début de l'*Iliade* (I, v. 9 et suiv.) ; mais aussi elle ravivait sans doute chez les Athéniens les souvenirs douloureux de l'épidémie récente (voir Thucydide, II, 47 et suiv.). Quant à la malédiction de stérilité, elle est généralement la punition d'un crime (comme celui des Pélasges de Lemnos, Hérodote, VI, 139).

5. L'idée qu'Œdipe est un homme exceptionnel qui agit non par un pouvoir surnaturel, mais par les seules forces de la connaissance et de l'énergie humaines (comme il en a déjà donné la preuve en délivrant Thèbes une première fois), a une valeur primordiale. C'est sur le contraste entre cette idée et le sort qui sera celui du héros qu'est fondé le tragique de la pièce.

6. *L'inflexible chanteuse* : la Sphinx, dont les énigmes étaient, au moins selon le texte qu'on en donnait traditionnellement, rédigées en vers hexamètres, comme les oracles. Cette explication est plus vraisemblable que celle qui verrait là le souvenir d'une tradition folklorique représentant la Sphinx comme une femme-oiseau (au contraire des Sirènes, la Sphinx n'est plus, dans la légende grecque, une enchanteresse).

Page 57.

1. L'image du vaisseau, si fréquente chez les Grecs, était au début du discours (v. 24) ; elle revient à la fin.

2. La deuxième tirade d'Œdipe fait pendant à la première, pour encadrer le discours du prêtre. Elle rend le personnage sympathique par le souci qu'il a de son peuple. Elle clôt la scène en préparant la suivante par l'annonce de la mission donnée à Créon.

Page 58.

1. *À calculer le temps [...] je m'inquiète* : préparation quelque peu conventionnelle à l'annonce du retour de Créon. Il n'y a guère loin de Thèbes à Delphes : 92 kilo-

mètres par la route carrossable actuelle, un peu moins par les chemins de la montagne qui passaient par la « fourche » tragique ; guère plus d'une grande journée pour un voyageur pressé. Créon a dû passer plus de temps à attendre un tour de consultation à l'oracle (voir R. Flacelière, *Devins et oracles grecs*, PUF, coll. « Que sais-je ? », 1961, p. 56-59) qu'en route. Il était donc difficile à Œdipe de « calculer » le moment de son retour.

2. *Ceux-ci* : des enfants parmi ceux qui l'accompagnent, ou de ses serviteurs ; le prêtre prononce les vers en se tournant vers la *parodos** de droite ; Œdipe, regardant du même côté, aperçoit à son tour son beau-frère, d'assez près pour pouvoir observer sa physionomie, sans pourtant que l'acteur ait encore franchi la *parodos*. Inutile de dire que l'expression joyeuse remarquée par Œdipe ne sera pas autrement visible pour le spectateur, étant donné la fixité des traits du masque (ce qu'on ne voit pas est exprimé par le texte). Aux vers 82-83, le prêtre, regardant à nouveau, aperçoit la couronne sur la tête de Créon. Au vers 84 celui-ci n'est pas encore entré. Il passe la *parodos* pendant le court silence qui sépare le vers 84 du vers 85.

3. La couronne dont se pare un messager est le signe d'une heureuse nouvelle ; la couronne est ici de laurier, l'arbre d'Apollon, puisque le messager vient de Delphes ; et c'est aussi pour cela qu'Œdipe au vers 80 a exprimé sa satisfaction en invoquant ce dieu. Il y a dans toute cette joie le fameux effet tragique « sophocléen » et le spectateur, qui connaît la fin de l'histoire, en a conscience. Cet effet tragique repose essentiellement sur le contraste entre ce qu'on croit et ce qui est : ce qu'on annonce est le contraire de la vérité, ou la nouvelle dont on se réjouit est, en fait, le signe d'une catastrophe, et le plaisir « dramatique » réside la plupart du temps, pour le spectateur, en ce que lui connaît la vérité et frémit de l'erreur du héros, qui prépare sa perte. *Œdipe roi* est la tragédie qui développe au maximum ce genre d'effets.

Page 59.

1. *En présence de ceux-ci* (le prêtre et les suppliants) : cette question est fréquente dans la tragédie lorsqu'il s'agit de révéler devant le chœur, qu'on peut difficilement éloigner, un secret qui serait ensuite à la merci de sa discrétion (ainsi dans *Électre*, v. 1203-1204). Ici la précaution se justifie moins ; on ne peut guère supposer un pressentiment de Créon, devinant obscurément qu'il vaudrait mieux qu'Œdipe fût à même de ne pas livrer au public un oracle qui le perdra. On ne peut donc voir à cette réticence que deux raisons : 1° confirmer par la réplique qui suit la bienveillance d'Œdipe pour son peuple ; 2° être le premier de ces retardements qui, jusqu'au vers 103, feront différer la révélation véritable, ce nom de Laïos que le spectateur attendait et dont il sait bien ce qu'il signifie. Créon aurait pu tout dire d'un coup ; mais cette forme de dialogue par interrogations et réponses partielles et successives est un des artifices courants de la tragédie.

Page 60.

1. *Pas vu de mes yeux* : c'est le type même de la réplique à résonance tragique selon le mode « sophocléen ». Le même effet sera dans la remarque de Jocaste sur la ressemblance physique de Laïos et d'Œdipe (v. 743).

2. Ici commence la première des enquêtes par lesquelles Œdipe arrivera à la vérité. Elle sera reprise dans la scène de « la double confidence » et conclue dans l'interrogatoire des deux bergers. Ici, et pour que la pièce ne se dénoue pas trop vite (il faut le reconnaître, mais ce n'est pas une critique, surtout dans la tragédie antique où l'intérêt ne repose pas sur ce dénouement, connu d'avance), la plupart des indices seront ou vagues ou faux. Contrairement à ce que lui reprochent certains censeurs, il faut reconnaître à Sophocle une certaine habileté dans la façon de ménager les révélations.

3. *Sur notre territoire* : l'oracle en a dit assez pour que la vérité ne puisse rester méconnue, pas assez pour

qu'elle éclate immédiatement. La fin du vers et le suivant sont un peu plus qu'un aphorisme banal : Œdipe pourrait à un certain moment abandonner l'enquête. Il ne le fera pas ; il s'acharnera à chercher et trouvera.

4. *L'oracle* : il sera présent à chaque péripétie.

Page 61.

1. *Sauf un* : *Testis unus, testis nullus* (Un témoin unique est sans valeur). Jocaste essaiera bien un moment d'invoquer cet argument (v. 848-850) ; mais les choses tourneront de telle façon que la question de ce témoignage ne se posera même plus. Il faut toutefois qu'il n'y ait qu'un témoin du meurtre, pour que de lui seul dépende la révélation du secret. En fait, il n'y sera que pour une part, quand il ne pourra plus faire autrement.

2. *Des brigands* : ce sera là le fallacieux espoir auquel s'accrochera Œdipe presque jusqu'au bout, jusqu'à ce que ce détail n'ait plus d'importance. On peut se demander pourquoi le berger a menti. Impossible de supposer que c'est la peur (v. 118) qui lui a fait multiplier en imagination le nombre des agresseurs. Il sait fort bien à quoi s'en tenir, les paroles de Jocaste, vers 758-764, et l'attitude même de l'homme quand il paraîtra, ne laissant aucun doute là-dessus. Quelle raison avait-il de ménager l'assassin d'un maître qu'il aimait ? Pourquoi a-t-il demandé à quitter le palais ? Est-ce par peur qu'Œdipe, le reconnaissant, ne songeât à se débarrasser d'un témoin de son crime ? Veut-il, comme souvent le disent les esclaves dans la tragédie, être le moins possible mêlé aux « histoires » des grands ? Aucune de ces explications ne répond au caractère du personnage tel qu'on le devine. C'est un brave homme, compatissant et plein de bonnes intentions, de ces bonnes intentions qui déclenchent les catastrophes. Il a toujours été l'instrument du destin en voulant, chaque fois, le détourner. Il a, par pitié, sauvé Œdipe et l'a remis au Corinthien. Il a voulu, puisqu'il ne pouvait rendre la vie à Laïos, ne pas gêner l'accession au trône d'Œdipe qui avait sauvé la cité. – *Pas tué par un [...]*

mais par plusieurs : ce goût de l'antithèse (double expression négative, positive), qui nous semble un pléonasme puéril, est un procédé courant en grec. Créon, et ceux qui l'écoutent, n'ont donc pas conscience de l'importance que prendra cette opposition banale et purement formelle.

3. Œdipe le « tyran » soupçonne déjà un complot : préparation des accusations contre Tirésias et de la dispute avec Créon.

4. Ainsi est indiquée la chronologie des événements, point capital de l'enquête, mais il ne faut pas la serrer de trop près (cela n'a d'ailleurs aucune importance du point de vue dramatique). Il y a, de la « fourche » à Thèbes, une quinzaine d'heures de marche (voir p. 58, n. 1). Œdipe a pu être aux portes de la ville dès le lendemain du drame. L'esclave l'avait-il précédé et annoncé la mort du roi ? En tout cas, même sans le péril de la Sphinx, on n'aurait pas eu le temps de mener bien loin l'enquête. Ce n'est pas non plus très en rapport avec le vers 115, d'où il semblait résulter que c'était en ne voyant pas revenir Laïos qu'on avait conclu à sa mort.

Page 62.

1. La dernière tirade du prologue affirme le caractère d'Œdipe : tyran qui craint pour son pouvoir, bien qu'il soit bienveillant et populaire ; acharné aussi à ne rien laisser dans l'ombre, ce qui le perdra. Il y a beaucoup de grandeur dans cette fin de scène. Le renvoi des suppliants n'est pas seulement destiné à libérer l'*orchestra* pour permettre l'entrée du chœur : c'est encore un indice du caractère du roi. Il considère sa propre diligence comme plus efficace que les supplications aux dieux, qu'il n'admet, ainsi que les oracles, que comme des moyens auxiliaires.

2. *Quelqu'un* : littéralement : « un autre... » ; on ne sait pas qui. À Athènes, les prytanes (représentants des tribus), et surtout leur président, étaient chargés de convoquer l'assemblée du peuple. Ici, c'est probablement le coryphée* qui est censé avoir joué ce rôle auprès du

chœur, représentation symbolique du peuple. Il n'est pas précisé, comme dans *Antigone*, qu'il représente spécialement les notables. Ce sont cependant des « vieillards ». Le chœur est toujours homogène et les vieillards ont plus de dignité pour commenter une action tragique (voir *Les Perses* et *Agamemnon* d'Eschyle, et *Antigone*). Aussi bien Sophocle sait-il que Thèbes n'est pas une démocratie, et « le peuple » peut être pris dans un sens restreint (les citoyens actifs). De toute façon ce « peuple » est représenté par quinze personnes.

PARODOS*

Page 63.

1. Entrée du chœur (*parodos*). Elle ne comporte pas de « défilé » à rythme anapestique ; mais trois couples strophiques. Le mètre de base est essentiellement dactylique (une longue suivie de deux brèves, donc inverse de l'anapeste) ; c'est celui de la poésie épique ; il ne s'agit donc que d'un lyrisme mitigé, très différent de celui d'Eschyle (à l'exception de *Prométhée enchaîné*). Les thèmes essentiels toutefois rappellent beaucoup la *parodos* des *Sept*. Toutes les divinités invoquées sont à peu près les mêmes (Athéna, Artémis, Apollon, Bacchus).

La première strophe semble indiquer que le chœur, qui n'assistait pas à la scène précédente, est au courant du retour de Créon, sans connaître encore le contenu de l'oracle. Pourtant lorsque Œdipe reparaîtra, il fera allusion à celui-ci sans le rappeler. Sophocle se préoccupe peu de ces recoupements ; et il n'y a pas toujours concordance étroite entre le dialogue dramatique et les parties lyriques.

2. *De Zeus* : dont Apollon est l'interprète.

3. *Délien* évoque ici Apollon sous une épithète qui ne devait pas être très en honneur à Thèbes (car spécifiquement athénienne). – *Péan* signifie « guérisseur ».

4. *Tout de suite ou au retour des saisons* : le sens est obscur ; si la traduction est exacte, elle rappelle cette idée que la volonté des dieux ne s'accomplit pas toujours immédiatement, mais finit toujours par triompher.

5. *Parole immortelle* : la parole de l'oracle est « fille de l'Espérance », parce qu'elle a été longtemps attendue comme un espoir de salut.

6. *Glorieux trône rond* : il y avait, dans les villes béotiennes, des sanctuaires d'Artémis Gloire. Il peut s'agir d'une rotonde (*tholos*) qui lui aurait été consacrée ou du fait que la statue de cette déesse se dressait souvent au milieu de l'agora circulaire.

7. *Tous trois* : ils sont invoqués comme une trinité : l'association d'Apollon et d'Artémis est naturelle, Athéna leur est adjointe comme une divinité particulièrement honorée à Thèbes.

8. *Un fléau* : le fléau dont la ville a déjà été délivrée ne peut être que la Sphinx.

Page 64.

1. La reprise au milieu de l'invocation de la description du fléau répond, comme souvent dans les parties lyriques, à celle que le prêtre avait faite dans le prologue, mais elle rappelle aussi l'évocation des malheurs de la guerre dans la *parodos* des *Sept*. Au vers 177, le « dieu occidental » est Hadès (depuis l'*Odyssée*, le royaume des morts est à l'ouest).

2. *Arès*, que l'on cherche ici à conjurer, n'est pas spécialement la guerre, mais toute forme de fléau destructeur.

Page 65.

1. L'immersion dans la mer (« *Amphitrite* ») est, on le sait, un moyen de se débarrasser des objets maléfiques. Ici, cette conjuration prend une forme géographique. – *La mer Thracienne sans baies hospitalières* évoque, plutôt que la « mer de Thrace » proprement dite (entre la Chalcidique et la Chersonèse de Thrace), la côte du Pont-Euxin, au nord du Bosphore (frontière turco-bulgare actuelle). Toutefois la Thrace méridionale attirait, vers l'époque où

fut joué *Œdipe*, l'attention des Athéniens, par les combats qui s'y livraient (voir Thucydide, IV et V).

2. *Lycien* : voir p. 103, n. 1, v. 919.

3. *Évohé !* est le cri que poussent les bacchantes dans leurs orgies.

4. *La mitre* est la coiffure féminine et orientale dont se coiffe volontiers Dionysos (voir *Les Bacchantes* d'Euripide).

PREMIER ÉPISODE*

Page 66.

1. Œdipe reparaît. Il est censé avoir entendu les dernières invocations du chœur. Son discours est capital ; moins par les faits qu'il énonce que par sa résonance tragique. On retrouve au début la tendance du roi à accorder plus de confiance à la recherche rationnelle qu'aux prières. Ensuite il accomplit son rôle de chef d'État, qui est en même temps, dans l'Antiquité, un chef religieux : d'abord les proclamations du magistrat invitant le coupable à se révéler pour n'encourir qu'une peine limitée et faisant pour les autres une obligation de le dénoncer ; puis, pour le cas où son appel resterait sans effet, l'anathème rituel, qui est en même temps une excommunication sociale. Ces interdits étaient ceux mêmes qui, selon une loi attribuée à Dracon, étaient appliqués à Athènes contre les meurtriers (voir Démosthène, *Loi de Leptine*, § 158).

Les vers 228-229 sont importants. L'oracle a laissé le choix entre deux modes d'expiation, l'exil ou la mort : dans le droit grec primitif, en dehors de la vendetta exercée par les parents de la victime, l'exil volontaire était la seule sanction qui frappait le meurtrier. À Athènes même, à l'époque classique, le coupable pouvait, après le premier échange de plaidoyers, prévenir par cet exil le jugement. La punition qu'Œdipe s'infligera *volontairement* sera donc bien plus terrible que celle qu'il encourait.

Dans son discours, plusieurs effets tragiques encore : les vers 250-251 où Œdipe se voue lui-même à la malédiction ; les vers 260-261, et surtout le vers 264 : « comme pour mon propre père ».

Page 67.

1. La généalogie de Laïos donne à ces vers un caractère de proclamation officielle. Agénor est le petit-fils de cet Épaphos, qui naquit de l'union de Zeus et d'Iô (voir *Les Suppliantes* et *Prométhée* d'Eschyle). Il régnait en Phénicie ; sa fille Europe ayant été enlevée par Zeus, il envoya à sa recherche ses fils, parmi lesquels Cadmos, qui, au cours de ces voyages, fonda Thèbes.
2. Formule rituelle d'imprécation.

Page 68.

1. *Me force* : voir vers 233 et suivants.
2. *Tirésias* : préparation de son arrivée.
3. *Sur l'avis de Créon* : l'entretien entre Créon et Œdipe s'est donc prolongé à l'intérieur du palais pendant la *parodos*. Ce détail explique les soupçons que concevra ensuite Œdipe sur la prétendue collusion de Créon et de Tirésias.

Page 69.

1. *Des voyageurs* : et non plus des brigands (v. 122). Le mot est toujours au pluriel, ce qui exclut Œdipe.
2. La scène avec Tirésias n'est pas un élément essentiel de l'action : elle n'aide pas Œdipe à découvrir la vérité. Celui-ci ne tiendra aucun compte des paroles du devin et, quand il en constatera la véracité, c'est que d'autres révélations, sans rapport avec celle-là, auront suffi à l'éclairer. Mais elle crée l'atmosphère d'angoisse qui se développera au cours de la pièce (l'effet tragique, là encore, vient de ce que le spectateur *sait* que Tirésias a raison) ; et surtout elle dévoile certains

aspects du caractère d'Œdipe : sous le chef noble et bienveillant du début, apparaît un despote autoritaire et soupçonneux, violent et emporté. Dans la première partie de la scène, le devin refuse de répondre, sourd aux supplications puis aux injures ; provoqué par Œdipe jusqu'à être accusé de complicité avec le criminel, il finit par lui lancer la vérité à la face ; mais seulement en ce qui concerne le meurtre de Laïos. Le débat alors s'anime et, comme toujours en ce cas, prend la forme *stichomythique**. Tirésias, mis au défi, répète l'accusation et en arrive à faire allusion, à mots couverts, au parricide et à l'inceste. Le débat est alors interrompu par la grande tirade du roi, accusant Tirésias et Créon – tirade à laquelle répond celle de Tirésias, qui répète ses révélations sous une forme un peu plus précise, quoique encore énigmatique. Après un nouvel échange d'invectives en *stichomythie*, Tirésias dévoile clairement le sens de ses allusions. La scène est admirable de progression pathétique ; saisissant est le retournement par lequel Tirésias, qui refusait d'abord de parler, parle à la fin quand Œdipe veut le faire taire. Elle a été beaucoup plus critiquée sur le plan de la vraisemblance : on s'est étonné, depuis Voltaire (*Lettres sur Œdipe*, III), qu'Œdipe ne fasse aucun rapprochement, d'abord entre la première accusation de Tirésias et le meurtre qu'il avait commis non loin de Thèbes, ensuite et surtout entre les allusions et révélations finales du devin et l'oracle qui lui avait été rendu à lui-même.

Au début de la scène, Tirésias entre guidé par un enfant, comme au début du cinquième épisode d'*Antigone* : mais, ici, le devin ne vient pas de lui-même ; il a été mandé ; et c'est Œdipe qui, le premier, le salue d'une façon solennelle (contraste avec les injures de la fin).

3. *Toi qui sais tout [...] tu as beau n'y pas voir, tu connais* : « toi qui sais tout » est une expression très banale, dès qu'il est question d'un devin. L'antithèse entre la cécité et la clairvoyance se rencontre moins souvent. Elle convient particulièrement à Tirésias (voir *Les Sept*

contre Thèbes, v. 25). Mais ici elle prend un sens symbolique qui sera le thème essentiel de la tragédie.

Page 70.

1. *Qu'il est terrible de connaître quand la connaissance est sans profit* : ces vers s'appliquent à la situation actuelle de Tirésias ; mais ils ont aussi une portée générale et symbolique qui est tout le sens de la pièce.

2. Certains manuscrits attribuent ces deux vers au coryphée. Se prosterner devant un homme est insolite pour un Grec, à plus forte raison pour Œdipe.

Page 71.

1. *Ton mal* : premier signe de la révélation.

2. *Tu mettrais en rage* : premier mouvement de colère, qui déclenchera tout le mécanisme.

Page 72.

1. Ces *soupçons*, Œdipe les concevait-il vraiment auparavant ? Ne sont-ils pas plutôt une invention subite de sa colère ? La vérité est que toute résistance à sa volonté lui paraît immédiatement l'effet d'un complot. C'est son côté « tyran » (voir p. 61, n. 3).

Page 73.

1. *Répète* : est-ce une simple bravade ironique ? Le vers 353, tout en étant clair, ne contenait pas le mot de « meurtre » ou « meurtrier ». On peut penser que, sous l'effet de la surprise, Œdipe croit véritablement avoir mal entendu ou mal compris ; mais surtout son caractère sera, jusqu'au bout, de ne croire que l'évidence absolue et de la chercher jusqu'aux plus extrêmes limites.

2. *Tu parleras en vain* : autant dire : je ne t'écouterai plus et n'attacherai aucune importance à tes paroles ; cela réduit considérablement l'« invraisemblance » dont on a accusé Sophocle, sous prétexte qu'Œdipe ne voit pas la conformité des paroles de Tirésias avec l'oracle.

Page 74.

1. *Tu es aveugle* : le contraire de ce que disait Œdipe au début ; c'est l'antithèse et la préparation tragiques ; Tirésias ne répond encore que d'une façon obscure, sauf pour le spectateur qui ressent cet effet, alors qu'Œdipe peut tout au plus, s'il accorde un sens aux paroles du devin, comprendre au sens figuré : « on verra que tu t'es trompé ».

2. Certains éditeurs, pour la suite des idées, corrigent : *ton* destin... *mes* coups. – *Apollon* : Œdipe et Jocaste prétendent qu'Apollon n'a pas besoin de devins pour se faire entendre. Tirésias, qui connaît et confirme les prédictions pythiques, prétend parler au nom du dieu. Il ne semble pas que dans la légende commune Tirésias soit particulièrement lié au dieu de Delphes. Cette association est ici plutôt un ressort dramatique ; toutefois Apollon ne joue pas dans *Œdipe* le même rôle actif que dans *Les Choéphores* d'Eschyle. Nulle part, on ne le sent vraiment « présent ».

3. *Créon* : ici la scène va dévier ; le tyran va apparaître en Œdipe ; et c'est, en même temps, la préparation de l'épisode suivant où, par une série de dérivations successives, la querelle avec Créon amènera la « double confidence » et le début de la révélation véritable. – *Tu y suffis* : on peut se demander d'abord en quoi Œdipe fait son propre malheur, puisqu'il ne pouvait éviter son destin. Mais, sans parler du geste de colère et d'orgueil que lui a fait accomplir la première prédiction, il aurait pu maintenant ne pas forcer à l'accuser Tirésias qui ne demandait qu'à se taire.

4. La tirade d'Œdipe interrompt le dialogue : ce n'est pas très « naturel » ; mais à Athènes l'éloquence a droit de cité au théâtre. Et ce discours ne révèle pas seulement en Œdipe le « tyran » soupçonneux mais l'homme qui a réussi et a sauvé les autres par la seule science humaine ; ce qu'avaient déjà indiqué les paroles du prêtre aux vers 40 et suivants.

Page 75.

1. Les paroles conciliantes du chœur (c'est son rôle traditionnel) relâchent un moment la tension.

2. On trouve dans l'article de J. Carrière (dans *Pallas*, revue de la faculté des lettres de Toulouse, 1956) une très judicieuse analyse de l'*ambiguïté* qui explique qu'Œdipe ne comprend pas les paroles de Tirésias. Sans donner toujours du « double sens » que peuvent présenter les paroles du devin une explication aussi précise que ce savant, on peut remarquer que, si Œdipe peut ressentir à certaines évocations une sourde inquiétude, en pensant à l'oracle qui lui a été rendu, il est fort vraisemblable qu'il n'en fasse pas l'application exacte ; le vers 414 : « où tu habites, ni chez qui » peut paraître signifier : dans le palais et avec la veuve de celui que tu as tué. Au vers 418 : la « malédiction de ton père et de ta mère » ne doit viser, pour Œdipe, que Polybe et Mérope, dont il se croit toujours le fils (la scène avec le Corinthien le confirmera). Ajoutons qu'il ignore encore l'oracle rendu à Laïos et qui est conforme, mot pour mot, à celui qu'il a reçu. D'autres menaces (« [tu] ne verras plus que les ténèbres »), intelligibles seulement pour qui connaît la suite, sont pour le héros des malédictions vagues, dictées par la colère ou inspirées par l'envie. Le roi ne peut comprendre non plus l'allusion au Cithéron. Comment saurait-il en effet qu'il a été trouvé sur cette montagne qui forme la frontière entre la Béotie et l'Attique ? Le mariage « sans havre » est évidemment celui de Jocaste ; mais Œdipe, persuadé que Tirésias n'est que le suppôt de Créon, pense qu'il s'agit de vilipender un mariage qui l'a mis sur le trône de Thèbes. Le vers 425 est plus embarrassant… autant qu'embarrassé. Sous peine de ne plus rien signifier en français, il devait être clarifié dans la traduction. L'hellénisme employé équivaut littéralement à : « qui t'égale à toi-même et à tes enfants », ce qui peut vouloir dire : qui t'égalera à tes enfants (en t'assimilant à eux) ; mais aussi : des maux qui seront également partagés entre toi et tes enfants (malédiction banale, qui n'évoque

rien de précis). Rien dans les allégations de Tirésias ne peut inciter Œdipe à faire un rapprochement entre le meurtre de Laïos et le destin d'inceste et de parricide qui lui a été prédit. La première de ces accusations n'est pour lui que l'effet d'une machination montée par Créon ; et, même si le souvenir de l'oracle néfaste lui revient à l'esprit et l'inquiète, il est trop courroucé par l'autre allégation pour que cela retienne longtemps son attention.

Page 77.

1. Tout de même, il a un sursaut. L'inquiétude concernant sa naissance, qui l'avait fait se rendre autrefois à Delphes (bien qu'il n'ait pas vraiment pris au sérieux l'allégation de l'ivrogne, v. 779-780), est ce qui explique le double mouvement, à la fois psychologique et scénique (fausse sortie de Tirésias ; question inquiète d'Œdipe ; mais oubli de cette préoccupation dès que sa gloire est en jeu). Certes, il eût suffi que Tirésias parlât autrement que par énigmes, comme il le fera dans la tirade suivante, pour que la scène prît un tout autre cours ; mais l'artifice de ces retardements échappe au public, qui est beaucoup plus sensible à leur effet dramatique.

Page 78.

1. Le revirement de Tirésias est-il explicable psychologiquement ? Pourquoi, n'ayant jusqu'à présent parlé qu'à mots couverts et énigmatiques, va-t-il tout d'un coup dévoiler la vérité en clair ? Il y a longtemps qu'Œdipe l'insulte et le provoque. Pourquoi ce reste de ménagements inspirés par la pitié ou par le souci de ne pas troubler l'État qu'il avait au début ? Le roi a tout fait pour que le devin ne le ménage plus. Il y a eu toutefois encore un retardement, que la beauté du vers 438, dans son obscurité oraculaire, suffirait sans doute à justifier. Mais le congé brutal et insolent qu'Œdipe donne à Tirésias aux vers 445-446 est la goutte d'eau qui fait déborder la coupe.

La dernière tirade de Tirésias pose, avec plus d'acuité

que ce qui précède, le problème de la vraisemblance. Cette fois, le devin parle en clair. La troisième personne qu'il emploie, avec une valeur péjorative, ne peut faire illusion à personne. Et pourtant personne ne comprend vraiment, ni le chœur ni Œdipe, et celui-ci ne fait pas le rapprochement avec l'oracle qui lui a été rendu ! Nous ne croyons pas pouvoir, ici, nous ranger à l'avis de J. Carrière, pour qui Œdipe ne comprend pas les paroles de Tirésias « parce qu'il ne les entend pas, étant rentré dans son palais après les derniers mots qu'il a prononcés » (v. 446), sortie dont Tirésias ne s'aperçoit pas « parce qu'il est aveugle ». Si des acteurs et metteurs en scène célèbres comme Mounet-Sully ou M. Minotis ont adopté ce jeu, ne serait-ce pas plutôt pour éviter un autre genre d'invraisemblance, celle de voir Œdipe écouter immobile et sans réagir ce flot d'injures, avec toutes les difficultés que cela entraîne pour l'attitude de l'interprète ? Mais à cette explication s'opposent : 1° que, en général, Sophocle, lorsqu'il fait quitter le théâtre à un personnage avant la fin de l'épisode ou de la scène, l'annonce (sorties de Déjanire, d'Eurydice dans *Antigone* et, dans *Œdipe* même, de Jocaste) ; 2° qu'il paraît contraire à la vérité dramatique, même si cela répond mieux à la vraisemblance logique, que Tirésias, tout aveugle qu'il est, s'obstine à parler dans le vide, en interpellant un absent (aux deux derniers vers, il revient à la deuxième personne), et que le chœur ne lui signale pas ce départ ; 3° que, enfin, il faut qu'Œdipe reçoive ces prédictions en pleine face ; même – et surtout – s'il ne les comprend pas. Tout ce qu'on peut dire, c'est que, les entendant *physiquement*, il ne les *écoute* pas ; il est l'homme qui « ne creuse qu'un sillon à la fois » : préoccupé de la recherche du meurtrier de Laïos, indigné d'être accusé de ce meurtre, persuadé qu'il s'agit là d'un complot monté par Créon et Tirésias, il est sourd à toute autre chose, et pour la première fois, mais non la dernière, lui, l'homme qui sait tout, il ne comprend rien. Ajoutons toutefois que, à part la mention rapide : l'homme « est

Thébain de naissance », rien encore même dans cette prédiction en clair ne rend évident le rapprochement entre l'oracle rendu à Œdipe et le meurtre de Laïos. Œdipe ignore toujours l'autre oracle et, même s'il écoute les invectives de Tirésias, il peut n'y voir que la menace d'un parricide et d'un inceste *futurs* (contre Polybe et avec Mérope).

Rien ne dit, d'ailleurs, qu'il ne soit pas troublé (c'est à l'acteur de le montrer ; mais c'est plus facile aujourd'hui que dans l'Antiquité, avec l'expression figée qu'imposait le masque).

Ainsi les invraisemblances qui nous choquent dans cette scène peuvent être réduites. Il ne faut toutefois pas perdre de vue qu'il est douteux que Sophocle et ses spectateurs se fussent tellement préoccupés de ce point de vue.

2. On s'est étonné que Tirésias donne à Œdipe l'*ordre* de rentrer, ce qu'il n'a ni droit ni pouvoir de faire. On peut objecter que, dans l'état de colère où se trouve le devin et se sachant détenteur d'un pouvoir plus puissant, il n'est pas surprenant qu'il profère cette injonction. Nous croyons cependant vraisemblable qu'Œdipe n'écoute pas tout à fait jusqu'au bout la furieuse tirade ; que, au moment où Tirésias lui dit : « rentre », il vient de rentrer. L'aveugle s'en est-il aperçu (ce n'est pas un aveugle ordinaire) ? Le spectateur ne songe pas à se le demander.

INTERMÈDE CHORAL (Ier STASIMON*)

3. Il traduit l'étonnement du chœur devant la révélation de Tirésias ; mais ce sentiment n'est exprimé que tout au début et dans le dernier couple strophique : tout le reste de la strophe* et l'antistrophe* I forment un développement plus général sur le triste sort du coupable quel qu'il soit. On remarquera que, même lorsque le chœur

s'étonne de l'accusation portée contre Œdipe, il ne fait allusion qu'au meurtre de Laïos ; il n'a pas compris le reproche de parricide et d'inceste ; c'est peut-être plus étonnant que de la part d'Œdipe, car de l'oracle rendu à Laïos et de l'exposition de l'enfant on a bien dû savoir quelque chose à Thèbes, même si le roi a voulu les garder secrets.

Page 79.

1. On sait que les deux cimes du *Parnasse* dominent, d'assez loin, Delphes, « nombril de la terre » (v. 480).

Page 80.

1. Le vers 493 est métriquement incomplet dans les manuscrits. On a conjecturé un développement de l'expression « rien de prouvé » : « rien qu'on puisse croire ».
2. La deuxième antistrophe pose le thème essentiel du savoir humain, et l'incarne en Œdipe, avec le rappel des services que celui-ci a rendus à Thèbes.

DEUXIÈME ÉPISODE

Page 81.

1. Entrée brusque de Créon ; court dialogue de préparation avec le coryphée. Œdipe ne sortira du palais qu'au vers 532. Ce sera alors une scène de contestation (*agôn**), qui servira d'une part à confirmer le caractère violent et autoritaire d'Œdipe, d'autre part à préparer l'arrivée de Jocaste et, par là, la scène plus importante de la « double confidence ».

Le discours initial de Créon ressemble à l'exorde des plaidoyers politiques dont les historiens et les orateurs athéniens nous ont laissé des exemples. Le chœur y répond par des paroles à la fois apaisantes et prudentes.

Page 82.

1. La scène avec Créon n'a pas le même caractère de débat antithétique que celle de Tirésias, avec les deux discours opposés du devin et du roi. Ici, seul Créon prononce un véritable plaidoyer (cette fois sur le « fond »), en réponse au très bref réquisitoire d'Œdipe (v. 532-542). Le véritable débat prendra, comme dans *Les Euménides*, la forme d'un affrontement par questions contradictoires (l'*élenchos** de la procédure athénienne), qui séparera les deux discours et, comme dans *Les Euménides* encore, bien qu'avec des modalités différentes de circonstances et de sentiments, la fin de la scène, jusqu'à l'arrivée de Jocaste, sera faite d'un échange de répliques rapides et brutales ; de la *stichomythie* on passera à la division des vers en deux répliques, l'*antilabè** (voir Jacqueline Duchemin, *L'Agôn dans la tragédie grecque*, Les Belles Lettres, 1945, p. 60 ; édition revue et corrigée, 1968).

Page 86.

1. Le discours central de Créon (v. 583-615) est curieux ; car les arguments qu'il emploie, sauf l'exactitude avec laquelle il a rapporté l'oracle (ce qui exclut qu'il l'ait fabriqué ou arrangé en vue d'une machination), n'ont que peu de rapport avec l'accusation dont il est l'objet. Ce ne sont que des preuves morales et d'un genre assez particulier. Il est vrai qu'il est, contre une accusation de ce genre, difficile de prouver son innocence – c'est ce que signifient les vers 614-615, en même temps qu'ils préparent le revirement d'Œdipe à la fin de la pièce. Toutefois, dans la comparaison qu'il fait du pouvoir nominal et du pouvoir effectif, on pourrait voir un souvenir d'une légende où Créon, sans être jamais lui-même roi, aurait exercé la régence dans toutes les périodes de crise (notamment après la mort de Laïos et après la déchéance d'Œdipe). Sophocle lui-même a observé cette tradition pour tous les événements antérieurs à la mort d'Étéocle et de Polynice. Mais aussi la thèse, sous sa forme générale, n'était pas sans intérêt

pour les Athéniens, habitués, sous une autre forme, à cette autorité de rois sans couronne (« Théoriquement le peuple était souverain, mais en fait l'État était gouverné par le premier citoyen de la cité », nous dit Thucydide, II, 65, à propos de Périclès).

La scène intermédiaire à trois personnages (dont le coryphée) sert de transition à la scène capitale de l'œuvre ; à partir du vers 650 le dialogue prend la forme d'un *kommos**, de structure compliquée, comparable à celui qui suit la rentrée du chœur dans *Ajax* (v. 879-973), mais ici les parties lyriques sont plus brèves, partagées entre le chœur et les acteurs, selon une symétrie complexe ; elles expriment les efforts de conciliation du chœur et l'adoucissement progressif d'Œdipe, dont les dernières paroles dissimulent mal la défaite (il se rend compte qu'il a cédé à la colère) ; mais les derniers vers de Créon sont une préparation à son rôle final.

Page 90.

1. Le chœur, qui n'a jusqu'à présent prononcé que des paroles de prudence assez banales, va intervenir après Jocaste comme conciliateur et invoquer les mêmes arguments que la reine sur un plan à la fois religieux et politique : respect du serment ; nécessité de la concorde dans une époque troublée, argument qu'on trouvait déjà dans *Les Euménides*, mais qui est affirmé ici avec plus de précision et de force – les Athéniens y étaient particulièrement sensibles, en ces premières années de la guerre du Péloponnèse (Thucydide fait dire à Périclès : « [...] ne faut-il pas, au lieu d'agir comme vous faites, que tous ensemble nous défendions notre patrie ? », II, 60).

Page 91.

1. Il est remarquable que l'antistrophe du dialogue lyrique appartienne à une autre scène que la strophe (départ de Créon). Il y a ainsi équilibre et symétrie entre les deux scènes, la partie semi-lyrique assurant le lien et un répit entre la violence du débat et l'anxiété que crée

la « double confidence ». La transition au nouveau dialogue se fait par les questions de Jocaste et les réponses d'Œdipe (v. 702-705).

À partir de là, le tragique sophocléen va jouer à plein ; toutes les tentatives faites pour rassurer Œdipe vont aboutir au résultat contraire, et d'abord la révélation par Jocaste de l'oracle rendu à Laïos.

Page 93.

1. *Aucun mortel* : l'incrédulité de Jocaste ne vise pas les dieux ni leurs oracles, mais seulement leurs prétendus interprètes humains (idée reprise aux v. 724-725). On sait qu'à cette époque les *chresmologues* (diseurs d'oracles) abondaient à Athènes (voir R. Flacelière, *Devins et oracles grecs*, *op. cit.*, p. 92), et il y a peut-être une allusion. Ce septicisme sera démenti par l'événement ; mais il ne semble pas que l'intention principale de Sophocle soit ici de le réfuter (il avait exprimé, par la voix du chœur, une idée analogue en conclusion d'*Ajax*). *Œdipe roi* n'est pas une pièce théologique ni une œuvre édifiante, mais un tableau pessimiste de la condition humaine ; la question de la foi aux oracles est surtout un ressort dramatique.

Les indications données par Jocaste vont produire l'effet opposé à celui qu'elle visait : elles vont jeter l'inquiétude dans l'esprit d'Œdipe ; mais, et c'est là, il faut le reconnaître, l'invraisemblance, il ne va être sensible qu'à un détail, le moins caractéristique : le lieu du meurtre, d'ailleurs assez peu précis, et non à ce qui peut paraître l'essentiel : la similitude entre l'oracle rendu à Laïos et la réponse qu'Apollon lui a faite à lui-même, coïncidence à laquelle s'ajoute le traitement infligé à l'enfant lié par les chevilles. Sans doute Sophocle a-t-il pris quelques précautions : Jocaste, par une pudeur facile à comprendre, ne rapporte que la moitié de l'oracle (le parricide et non l'inceste) ; l'expression « le liait par les chevilles et le faisait jeter sur une montagne déserte » (le texte dit littéralement : par des mains étrangères) manque de précision (l'enfant avait eu les pieds transpercés, v. 1034) et Œdipe ignore encore qu'il est un enfant trouvé et où il fut découvert. Il est étrange, toutefois, qu'en passant sous silence bien d'autres circonstances Jocaste évoque cette bifurcation de routes, qui, pour ce qu'elle veut prouver, n'a aucune importance ; et que ce soit là le seul détail qui frappe Œdipe. Il faut bien reconnaître – et la suite de la scène le confirmera – que l'optique dramatique de Sophocle n'est pas celle de nos romans policiers.

Page 94.

1. *La Phocide [...] de Delphes et de Daulis* : si on voulait là encore scruter la vraisemblance, on se demanderait comment Jocaste, assez mal renseignée, semble-t-il, par un unique témoin qui n'a presque rien voulu dire (on comprendra pourquoi), connaît avec tant de précision le lieu du drame et la topographie d'une région où elle n'a sans doute jamais mis les pieds. Il s'agit, en réalité, d'un détail de mythologie locale, connu du poète et de ses spectateurs. On montrait encore au temps de Pausanias (près de six siècles après Sophocle) la fameuse fourche et le double tombeau de Laïos et du serviteur tué par Œdipe en même temps que lui. Il s'agit donc d'une légende destinée à expliquer un culte local (Eschyle suit une tradition un peu différente et situe la fourche fatale plus à l'est et plus près de Thèbes). La Phocide s'étend du Parnasse, vers le sud-est, au golfe de Corinthe. La fameuse bifurcation est en réalité aux confins de la Phocide et de la Béotie. Daulis, qui se trouve au nord de la route entre Thèbes et Delphes, ne joue aucun rôle dans l'histoire. Aucun des deux antagonistes n'en vient ou n'y va. Laïos se rend de Thèbes à Delphes. Œdipe fait le même chemin en sens contraire. L'embranchement de Daulis n'est donc qu'une précision topographique. Mais il est étrange qu'elle ait laissé un souvenir si précis. Comment aussi bien le témoin du meurtre qu'Œdipe se sont-ils souciés de savoir où allait un chemin qu'ils croisaient, mais n'avaient aucune intention de prendre (il n'y avait pas de poteaux indicateurs !) ? On ne peut

donc contester que tout cela ne soit fort artificiel ; mais l'invraisemblance n'apparaît qu'à l'analyse et ne nuit nullement à l'effet dramatique et pathétique.

De même, au vers 737 : « peu avant ». Œdipe devait être bon marcheur ; combien lui a-t-il fallu de temps pour franchir la soixantaine de kilomètres qui séparent la « fourche » de Thèbes ? Il fallait que le serviteur de Laïos courût bien vite pour le devancer vraiment, à quelques heures près (voir v. 127-131 mais aussi v. 758-759). (Nous avons vu par *Antigone* que Sophocle dédaigne encore plus les vraisemblances chronologiques que les autres auteurs tragiques.) À partir de ce moment, Œdipe ne va plus penser qu'à une chose : est-ce vraiment Laïos qu'il a tué ? Fixé à cette idée, il est un peu moins étonnant qu'il ne remarque pas les autres coïncidences, beaucoup plus accablantes. Ajoutons qu'étant donné son état d'esprit un seul indice matériel le préoccupe plus que deux oracles.

Page 95.

1. Le rappel du physique de Laïos devrait d'autant plus angoisser Jocaste qu'Œdipe, au moment de la tragédie, doit terriblement ressembler à Laïos lors de son départ. Laïos avait alors la quarantaine, Œdipe une vingtaine d'années. Quinze ans environ se sont écoulés (un peu plus que l'âge de l'aîné des deux fils, Étéocle ou Polynice).

L'effet tragique que le vers 743 produit répond à celui des vers 105 et 264.

Page 96.

1. *Ils n'étaient que cinq [...] un héraut [...] un chariot [...] voilà qui est clair* : pourquoi Œdipe se juge-t-il accablé par ces indices ? Un voyageur qui se déplace sur un chariot, précédé d'un héraut (c'est-à-dire un appariteur chargé de dégager le chemin et de servir de porte-parole au maître, le *chaouch* oriental), est-ce si rare ? Même sur ce chemin, qui est celui de Delphes, même à une époque déterminée (on sait qu'il y avait des jours fixes pour la consultation de l'oracle et le chemin de Thèbes à Delphes

est le seul accès au sanctuaire pour toute une partie de la Grèce) ! Le nombre de cinq semble particulièrement révélateur à Œdipe, mais son récit ultérieur manque de précision sur le nombre de ses adversaires (voir plus loin). Les a-t-il vraiment comptés, et se rappelle-t-il exactement au bout de quinze ans ? Encore une fois la coïncidence des deux oracles nous paraît plus terrible.

2. Encore une inconséquence chronologique. Les vers 758-759 ne paraissent pas très bien concorder avec les vers 736-737. Comment la nouvelle du meurtre a-t-elle pu être apportée à Thèbes « peu avant » l'avènement d'Œdipe si l'unique témoin a, « dès son retour », trouvé celui-ci déjà en possession du pouvoir ? Quoi qu'il en soit, pour le spectateur qui entend cela, les raisons de l'exil volontaire du serviteur sont assez évidentes. Tout le monde a compris... sauf Œdipe et Jocaste. Encore une « maladresse » de Sophocle. Que ce serviteur soit le même que celui dont il a été question dans le prologue, et qu'il n'arrive que plus tard... pour terminer la pièce, ce sont les conventions normales du théâtre, et la critique, sur ce point, est pure chicane. Il reste d'ailleurs qu'il y a là quelques vers émus, témoins d'une forme, patriarcale et relativement adoucie, de l'esclavage qu'Athènes connaît encore à cette époque et qui disparaîtra dans les siècles suivants.

3. Œdipe se fait-il encore des illusions ? On peut tout de même expliquer son attitude. C'est un rationaliste et un réaliste. Il y a encore une chance que tout cela ne soit qu'une série de coïncidences, qu'un seul élément contraire peut annuler (en fait, les annales judiciaires sont pleines de ces présomptions « graves et concordantes » qu'un alibi indiscutable suffit à détruire). Œdipe peut donc se raccrocher à cet espoir : le nombre des agresseurs. Ne pense-t-il pas que le témoin peut avoir menti par pitié et continué à le faire ? Accepterait-il en ce cas d'être sauvé par ce pieux mensonge ? N'en nourrit-il pas même le secret désir ? Toutes ces questions peuvent surgir à l'arrière-plan de la scène et en enrichir la vérité. Le théâtre vit de ces complexes inexprimés que l'inter-

prétation de l'acteur peut faire apparaître. Donc l'invraisemblance, évidente au premier aspect, l'est beaucoup moins quand on réfléchit.

Page 97.

1. Après une question assez conventionnelle de Jocaste, commence la seconde « confidence », récit qui, en répondant à celui de la reine, équilibre la scène sur le même plan qu'une scène d'*agôn* (bien qu'il s'agisse de tout autre chose) : deux discours symétriques séparés par un dialogue en questions et réponses avec une conclusion qui résume le « débat » (ici plutôt le problème).

Le récit lui-même se compose de trois parties d'égale longueur : avant la rencontre fatale, la rencontre elle-même, la conclusion ; la deuxième est presque aussi longue que la première, bien que consacrée à un seul fait, mais qui est le fait capital (au moins Œdipe le croit-il ; puisque, à l'imputation de n'être pas le vrai fils de Polybe et à l'oracle rendu, il n'attache pas d'importance). La conclusion est très développée aussi. La façon dont Œdipe reprend tous ses sujets d'inquiétude montre son anxiété profonde.

Je ne te le cacherai pas [...] à qui me confier mieux qu'à toi : ainsi, disent les critiques pointilleux, après quinze ans de mariage, Œdipe n'a jamais raconté son histoire à Jocaste ! Il suffirait de répondre que nous sommes au théâtre et que tous les récits tragiques tombent peu ou prou sous le coup de cette critique (et les efforts de nos classiques pour dissimuler cet artifice, le naufrage de Pylade dans *Andromaque*, par exemple, nous paraissent précautions bien superflues). Mais, ici, on peut très bien justifier cette confidence tardive. Et les premiers vers suggèrent l'explication. Pour Jocaste, Œdipe est l'aventurier, le conquérant heureux qui l'a obtenue par sa valeur, mais à qui il vaut mieux ne pas demander d'où il vient. Et l'usage, en Grèce, est de ne pas inviter les hôtes qu'on accueille à dévoiler leur identité ; à plus forte raison s'ils viennent en sauveurs. Du côté d'Œdipe, la discrétion s'explique mieux encore : ce qu'il aurait à révéler est peu plaisant ; être le fils du roi de Corinthe n'a rien d'humiliant, mais il ne peut le dire sans expliquer pourquoi il n'est pas resté chez son père. Et, en racontant les choses néfastes, on risque de « les réaliser ». Il faut donc, pour qu'Œdipe parle, une circonstance particulièrement grave (de même, Jocaste n'éprouvait aucun empressement à révéler à Œdipe l'histoire de l'oracle et de l'enfant exposé).

Le nom de *Polybe* comme père putatif d'Œdipe paraît traditionnel. Les mythographes qui mêlent aux inventions de Sophocle (et peut-être d'Eschyle) des restes de légendes vraisemblablement plus anciennes le citent à peu près tous, en rapportant différemment, d'ailleurs, l'histoire de l'adoption d'Œdipe et les circonstances dans lesquelles celui-ci a quitté Corinthe. Dans une de ces versions, Œdipe, après avoir tué Laïos, s'empare de son char et en fait cadeau à Polybe, qu'il croit encore son père. Le nom de Mérope semble de l'invention de Sophocle. Dans certaines versions, la femme de Polybe s'appelle Péribée (ne pas confondre avec son homonyme, la mère d'Ajax). L'histoire de l'ivrogne doit être aussi une création de Sophocle pour justifier l'incrédulité relative d'Œdipe et le démenti de Polybe (selon certains mythographes, Polybe avait reconnu la « supposition » et c'était pour connaître son vrai père qu'Œdipe était parti pour Delphes). Mais Sophocle a bien mis en lumière un trait du caractère d'Œdipe : c'est un anxieux ; il craint même ce qu'il ne croit pas.

2. Après la révélation de cet oracle, l'inconscience de Jocaste apparaît bien plus grande que celle d'Œdipe, car elle connaît la seconde partie de l'oracle rendu à Laïos, qu'elle a cachée à Œdipe (l'inceste). Deux explications, si on veut absolument en trouver, paraissent possibles : ou bien elle a compris, mais essaie désespérément de sauver Œdipe en l'empêchant de découvrir la vérité (cela ne paraît guère conciliable avec son attitude lorsque paraîtra le Corinthien) ; ou bien elle est sûre que son enfant est mort et elle ignore… que dans les tragédies (comme dans

l'histoire tragique d'Hérodote) les oracles s'accomplissent toujours, et d'autant mieux qu'on fait plus d'efforts pour les déjouer.

3. *Je laisse le pays de Corinthe* : et non : je quitte (il n'y retourne pas), mais j'abandonne définitivement, je renonce à y revenir... Il va directement de Delphes à Thèbes en croyant marcher au hasard (c'est le sens de l'expression, banale en grec, « au gré des astres »).

Page 98.

1. Le récit de la rencontre présente des points obscurs. Dans le résumé du mythographe Apollodore (*Bibliothèque*, III, 7), qui recueille sans doute des versions anciennes ou des traditions locales, Œdipe était aussi sur un char et il rencontre dans ce chemin étroit de montagne le char de Laïos, qui est accompagné de son héraut, nommé Polyphonte, donc deux personnes seulement, qu'il tue et que le roi de Platées, Damasistrate, enterre sur le lieu même. La rixe, ici, est bien une querelle de conducteurs qui ne peuvent croiser. Sophocle met Œdipe à pied. Son refus de se ranger n'est plus justifié matériellement ; il ne peut plus être qu'un effet de son orgueil et de son irascibilité (dont il donne effectivement au cours de la pièce d'autres preuves). Quant à l'énumération des gens du roi, à première vue le compte y est. Après Laïos et le héraut, un personnage est nommé le *guide* ; un autre le *conducteur* ; avec le serviteur qui s'est enfui, cela paraît bien faire cinq. Ce n'est pourtant peut-être qu'une illusion, et la sagacité des commentateurs est mise à rude épreuve. Pour ne retenir que deux thèses, aussi opposées que possible : selon L. Roussel (*Revue des études grecques*, XLII, 1929, p. 361 et suiv.), les trois personnages qui en dehors du serviteur escortent le roi n'en font qu'un ; au contraire, Louis Bodin (même revue, XLIX, 1936, p. 77 et suiv.) les considère comme distincts. La première opinion s'appuie, il faut le reconnaître, sur des arguments très forts, si on veut reconstituer la scène de façon vraisemblable. Pas de discussion sur le *héraut*, le seul personnage dont le nom

ne prête à aucune équivoque ; sa présence est un signe de prestige, c'est pour cela que Jocaste l'a nommé, et il a des fonctions bien définies : auxiliaire et porte-parole du roi, il doit en même temps marcher en tête du cortège et écarter les obstacles ; c'est donc lui qui, normalement, devrait obliger Œdipe à se ranger ; et on ne comprend pas qu'il le laisse passer, remettant au guide et au vieillard (Laïos lui-même) le soin de le repousser (le roi ne peut de toute façon le faire que de la voix, puisqu'il est sur le char). Il est exclu, d'autre part (tous les commentateurs le reconnaissent), que le troisième acolyte, que nous nommons le *conducteur*, remplisse comme le voudrait le sens usuel du mot grec (*trokhèlatès*) le rôle d'un cocher sur le véhicule. Ce ne serait pas alors Laïos qui tiendrait le fouet (ou l'aiguillon) et la suite des événements ne se comprendrait plus, puisque, quand il frappe ce conducteur, Œdipe n'est pas à la hauteur du char. Ce conducteur ne peut donc être qu'un homme qui tient les chevaux par la bride et « pousse à la roue » dans ce passage difficile ; mais alors Œdipe, ayant passé outre aux avertissements précédents, se présenterait devant les chevaux au risque de se faire écraser ! C'est pousser l'orgueil bien loin ! (Ajoutons que l'expression : « celui qui m'écartait », avec l'article en grec, a bien l'air de désigner le personnage précédent, celui qui agissait par le geste, Laïos opinant de la voix.) Par ailleurs, la fonction de guide semble bien faire double emploi avec celle du héraut. La confusion des trois personnages en un seul a donc pour elle la vraisemblance réaliste. Mais alors (et c'est la part de vérité de la thèse adverse) pourquoi Œdipe a-t-il été si frappé par le nombre de cinq, s'il n'a vraiment remarqué que deux personnes (le reste étant une masse confuse dans laquelle il a frappé au hasard) ? Force est bien d'admettre que Sophocle, ici comme en d'autres endroits, a superposé deux plans sans chercher à les concilier. On peut dire, si l'on veut, qu'Œdipe, après longtemps et dans son trouble, se rappelle les gestes, mais serait incapable d'identifier avec précision les acteurs.

Page 100.

1. Cette question du nombre des assassins, qui paraît capitale à Œdipe, ne sera même plus posée quand surviendra l'éclaircissement. Encore un des aspects du tragique sophocléen.

La fin de la scène reflète tout de même de la part de Jocaste une certaine inquiétude et peut-être le désir de ne pas en savoir davantage. La façon dont elle se prémunit contre un revirement possible du berger est significative.

INTERMÈDE CHORAL (IIe STASIMON)

Page 101.

1. À première vue, il est une suite de lieux communs religieux sans grand rapport avec l'action. Deux idées cependant dominent, qui d'ailleurs s'opposent. D'une part le chœur exprime la piété et la sagesse populaires, inspirées par la crainte des dieux et la peur de la souillure (d'où l'appel initial à la pureté), le scandale qu'éprouvent ces esprits conformistes devant l'incrédulité des rois et leurs tendances tyranniques (v. 873 et suiv.) ; d'autre part, il réaffirme sa reconnaissance et sa fidélité à Œdipe. La strophe et l'antistrophe II élargissent d'abord le sujet d'une façon assez banale (Œdipe ne peut être accusé d'avoir méprisé la justice). C'est la reprise d'un thème eschyléen ; mais on est loin de la confiance que le vieux poète mettait dans cet ordre idéal dont Zeus était le garant. Le chœur semble tout prêt à passer du formalisme superstitieux à l'impiété si les oracles ne se vérifient pas (il ne semble pas pressentir à quelle catastrophe aboutira la réalisation de la prophétie faite à Laïos). Il est difficile de déceler dans tout cela la véritable pensée religieuse de Sophocle, sauf toutefois dans la fin de la strophe et l'antistrophe I qui reprennent le thème d'*Antigone* sur les lois éternelles et

contre la tyrannie (et on peut rapprocher tout de même ce passage de la scène antérieure, où Œdipe s'est vraiment comporté comme un tyran à l'égard de Créon).

Page 102.

1. *Ma danse sainte* : les chœurs de danse qui célèbrent les dieux.

2. Le sanctuaire d'*Abæ* était en Phocide, au nord du lac Copaïs ; il était consacré à Apollon et orné de riches offrandes que les Phocidiens, victorieux des Thessaliens, avaient partagées entre ce temple et celui de Delphes (Hérodote, VIII, 33, et Pausanias, X, 3). *Olympie* est le fief de Zeus.

TROISIÈME ÉPISODE

Page 103.

1. Il s'ouvre par une de ces scènes religieuses dans lesquelles la tragédie se rappelle son caractère rituel et ses origines, et qui en même temps fournissent un spectacle grandiose (voir *Les Perses, Électre*, etc.). Jocaste, accompagnée de servantes qui portent, ainsi qu'elle-même, des offrandes et des guirlandes, se dirige vers l'autel situé devant le palais (sans doute figuré par la *thymélè*) et qui est celui d'Apollon Lycien (v. 919). On remarquera que la reine vient demander au dieu non l'accomplissement d'un vœu, à proprement parler, mais une espèce de guérison psychologique pour Œdipe. Les Grecs n'ont pas ignoré cette sorte de thérapeutique mystique. Platon parle de ces incantations qui guérissent l'âme (*Charmide*, 157). La scène fait contraste avec celle qui va suivre.

Le messager de Corinthe entre par la *parodos* de droite, vers laquelle s'est retiré le chœur, Jocaste et sa suite occupant le centre de l'*orchestra*. Le Corinthien s'adresse au coryphée. La cérémonie sacrée se termine et l'étranger salue la reine. Après l'échange de courtoisies banales, il révèle la nouvelle dont il est porteur : la mort de Polybe. L'effet que celle-ci produit sur Jocaste, puis sur Œdipe qui, prévenu, survient aussitôt, a de quoi étonner : ils ont tous deux oublié *l'autre* oracle. Ni l'un ni l'autre ne mettent plus en doute qu'Œdipe ne soit vraiment le fils de Polybe ; mais, là encore, l'effet tragique l'emporte sur la vraisemblance logique ; c'est au moment où la vérité va éclater qu'ils doivent se montrer le plus totalement aveugles ; c'est quand les oracles vont s'accomplir que l'incrédulité clame son triomphe. L'envoyé de Corinthe joue le rôle d'agent du destin. Avec sa finasserie lourdaude et quelque peu intéressée (voir v. 1004 et 1006) qui contraste avec la noblesse et le dévouement dont fera preuve le berger de Laïos (et naturellement c'est celui-ci qu'Œdipe maltraitera !), le Corinthien fera la révélation qu'il croira heureuse et qui sera celle du désastre. Chaque mot qu'il dira pour rassurer et réjouir sera un coup de poignard pour Jocaste et, sans qu'il le voie encore clairement, pour Œdipe. Pour amener ce résultat, le poète joue sur l'ambiguïté du caractère d'Œdipe et sur sa propension à l'anxiété. Il peut paraître étrange que, contempteur des oracles, assuré par la mort de son père de leur fausseté, il en craigne encore une partie ; c'est le moyen qu'a choisi l'auteur pour conduire à la révélation décisive par le funeste empressement à rendre service que manifestera le messager. Articulation qui, à la lecture, peut sembler un peu artificielle, mais dont l'effet, à la scène, est assuré. Le spectateur – et Jocaste elle-même – frémissent en entendant : 1° qu'Œdipe n'est pas le fils de Polybe et de Mérope ; 2° qu'il a été trouvé sur le Cithéron ; 3° qu'il a été remis au Corinthien par un berger de Laïos. À ce moment-là tout est accompli ; et Jocaste n'attendra pas la confirmation finale pour prendre sa décision.

La première étape jusqu'au vers 975 est toute de joie et de triomphe. Les vers 961-970, qui ont l'air d'une plaisanterie macabre et déplacée sur la mort d'un père qu'Œdipe aimait, sont, en réalité, une bravade ironique à l'égard des oracles, en proposant – comme cela arrive souvent dans les histoires de ce genre – une interprétation contraire à celle qu'on avait prévue, mais, ici, sans conséquence.

La deuxième étape est marquée par un retour de la crainte chez Œdipe, et fait transition (v. 976-988). Les vers 977-979, dans la bouche de Jocaste, opposent la destinée aux oracles, ou plus exactement peut-être le hasard (ou la chance, *tukhè*) à la prédestination. En fait, la différence n'est pas grande entre les deux conceptions, puisque toutes deux excluent la possibilité pour l'homme d'être vraiment maître de son destin. L'idée de Jocaste est qu'il est inutile de se tourmenter, puisqu'on ne peut rien prévoir, une espèce de *carpe diem* désenchanté. Quant aux vers 981-982 sur les rêves incestueux, il serait hasardeux d'y voir une préfiguration de la psychanalyse moderne ; c'est un fait que cette sorte de rêve est assez souvent attribuée, dans l'Antiquité, à des personnages célèbres : elle signifie toujours, selon les exégètes, la prédiction d'un pouvoir souverain. Hérodote le rapporte d'Hippias, à la veille de la bataille de Marathon (VI, 107) ; l'espoir qu'en avait conçu l'ancien tyran de régner de nouveau sur la terre « maternelle » fut d'ailleurs démenti. César eut, selon ses biographes, un rêve analogue avant le passage du Rubicon (Plutarque, *César*, 32 ; Suétone, *Vie de César*, 7).

La troisième étape est atteinte avec la question du messager (v. 989), question faite sur un ton semi-ironique (le rustre a déjà compris et il se réjouit intérieurement de l'effet de sa révélation). C'est de ce lourdaud qui se croit fin que va sortir tout le tragique ; celui-ci est par là accentué ; le procédé d'interrogations successives et progressives va être utilisé non seulement pour tenir en haleine le spectateur (il s'agit là de détails qui n'appartiennent pas à la légende commune), mais pour marquer le contraste entre la satisfaction intéressée du bonhomme qui « distille » ses réponses, dans l'espoir d'une plus grande récompense, et l'effet inverse qu'elles produiront. Le ton de familiarité protectrice que le vieux paysan croit pouvoir adopter envers l'enfant qu'il a sauvé – fût-il roi – renforce encore l'impression.

Page 111.

1. *Tes chevilles* : on sait qu'Œdipe s'interprète comme « pieds enflés » (*Oidi-pous*, étymologie populaire faite après coup, sans doute) ; d'autres ont voulu plus symboliquement sinon plus exactement rattacher ce nom à la racine du verbe signifiant « savoir » (*oïda*). Il est inutile de se demander comment Jocaste, qui vit depuis quinze ans avec Œdipe, n'a pas découvert les traces de la mutilation. Dans de nombreux contes populaires, on voit l'un des époux dissimuler à l'autre une difformité physique, naturelle ou accidentelle. Hérodote (III, 69) raconte encore une histoire de ce genre à propos du faux Smerdis et de sa femme Phaidymé. Mais Sophocle ne s'attarde pas à pareilles puérilités.

Page 113.

1. *Y voir clair* : repris au vers 1065 : « je veux savoir ». C'est tout le caractère d'Œdipe ; ce qui fait, au fond, sa grandeur.

2. La sottise empressée du coryphée égale celle du messager. Elle amène la réplique de Jocaste, qui, elle, a tout compris. C'est peut-être la scène la plus profondément déchirante de toute la tragédie ; car elle n'emprunte rien au pathétique extérieur. Tout est dans le contraste des caractères, et elle amène pourtant la décision. Tout est, en effet, consommé. Reste à se demander si Œdipe n'a vraiment pas encore compris et pourquoi. Son interprétation de la sortie de Jocaste est, en effet, bien étonnante. Le seul détail qu'elle connaisse et dont Œdipe ne soit pas informé avec précision, c'est que la montagne sauvage sur laquelle fut jeté l'enfant par des mains étrangères était bien le Cithéron ; Œdipe peut le deviner aisé-

ment ; et il semble ne pas encore soupçonner l'évidence. Il croit que c'est le dépit d'avoir épousé un enfant trouvé qui a causé le brusque désespoir de Jocaste. Il se vante d'être « l'enfant de la Fortune ». Le chœur ira plus loin : il chantera un hymne de reconnaissance au Cithéron... pour avoir sauvé Œdipe ; peut-on pousser à ce point l'inconscience ?

Si on tient à justifier Sophocle, on dira en ce qui concerne Œdipe que, dans son for intérieur, il *sait* et n'a plus d'illusions ; mais que, fidèle à son double caractère d'anxiété profonde et d'orgueil, ce dernier sentiment lui fournit un prétexte pour lutter encore contre l'évidence et se débattre en un dernier sursaut. On ajoutera qu'il est l'homme qui *veut savoir*, et savoir complètement, mener jusqu'au bout l'enquête contre lui-même, pas tant parce qu'il peut espérer encore un miracle, un seul indice qui, dans la déposition du berger, peut réduire tous les autres à de simples coïncidences (il ne peut plus y croire vraiment) ; mais parce que ayant promis de découvrir le coupable, il doit le faire complètement, sans laisser dans l'ombre la moindre circonstance, être à la fois l'enquêteur, le juge et le bourreau sans aucune faiblesse (voir v. 1084-1085). Mais il y a aussi la valeur symbolique de cet aveuglement persistant et, en outre – il ne faut pas hésiter à le reconnaître –, la différence qui sépare la tragédie du roman policier. Ce n'est pas la vraisemblance de l'intrigue qui compte ici, mais la progression dans le désespoir et la lutte du héros contre sa destinée. Accuser Sophocle d'avoir prolongé la pièce pour qu'elle ne finisse pas trop tôt, c'est simplement lui faire grief de ce qui est l'essence même de son génie. Il ne raconte pas une histoire (que d'ailleurs tout le monde connaît), il n'analyse même pas des caractères pour eux-mêmes, il expose en eux le tragique de la condition humaine.

Quant au bref chœur des vers 1086 et suivants, ce n'est pas un *stasimon* ; il interrompt l'épisode sans en marquer la fin ; Œdipe et le Corinthien restent présents (on donne quelquefois à ces courts intermèdes joyeux le nom d'*hyporchème** ; voir *Les Trachiniennes*, v. 205 et suiv.). Les passages des deux tragédies se ressemblent ; mais ici l'inopportunité de cet hymne éclate davantage et va jusqu'à l'absurdité (les femmes de Trachis peuvent, au contraire, croire que l'arrivée de Lichas va leur apporter le bonheur). On a le même contraste dans la strophe du deuxième *stasimon* d'*Ajax* (v. 693-705) ; mais, là encore, il y a plus de vraisemblance que dans *Œdipe roi* : les marins peuvent sembler naïfs de croire vraiment à l'heureux revirement d'Ajax, moins tout de même que les vieillards thébains ici. Les divinités invoquées sont toujours essentiellement les mêmes (Pan et Dionysos) ; particulièrement les dieux champêtres, protecteurs des lieux où se déroule la danse évoquée (ici le choix de la montagne a une raison précise, bien qu'assez peu opportune ; ailleurs ce n'était que le séjour traditionnel des divinités). Si donc on s'en tient à la vraisemblance, on est choqué par le manque d'à-propos de ce chœur. Mais cela vient de ce que nous jugeons par la simple lecture des *mots* un morceau qui doit être situé sur un tout autre plan : celui de l'effet pathétique et lyrique ; c'est un intermède qui, en relâchant la tension, fait valoir, par contraste, le tragique des deux scènes entre lesquelles il est placé. La comparaison avec un ballet d'opéra ne doit pas effaroucher quand on réfléchit au véritable caractère de la tragédie grecque. Notons que l'hypothèse qui fait de l'enfant trouvé dans une montagne celui d'un dieu et d'une mortelle rappelle beaucoup de légendes mythologiques (voir par exemple l'*Ion* d'Euripide) ; mais ici elle est particulièrement invraisemblable.

La scène qui commence au vers 1110 est la décharge de toute la tension accumulée depuis le début ; l'intermède a suspendu quelques instants l'effondrement prévu. L'interrogatoire du vieux berger n'est qu'une confirmation. L'opposition des caractères des deux bergers, la cruauté d'Œdipe envers les autres et envers lui-même, la forme précipitée de la *stichomythie* allant jusqu'à la coupe par demi-vers (seul le vieux bavard corinthien, dans sa sottise et sa hâte à dire tout ce qu'il ne faut pas, prononce une tirade plus longue) et aboutissant – mais seulement à la fin – aux deux plaintes symétriques du berger et d'Œdipe, le pathétique de la sortie du héros sur cette déploration, tout en fait un chef-d'œuvre non seulement de progression dramatique, mais de composition rythmique – avec cette harmonie que l'art grec de cette époque conserve même dans l'expression du malheur le plus intense.

Page 116.

1. Le berger est entré (v. 1110), conduit par les envoyés d'Œdipe. Le coryphée le reconnaît, non seulement pour qu'il n'y ait aucun doute sur l'authenticité de ses dires, mais pour que soit attestée sa fidélité, dont il donnera la preuve.

Page 117.

1. Il est un esclave « né au palais », ce qui est une raison d'être attaché à ses maîtres et considéré par eux avec bonté.

Page 118.

1. Le Cithéron est assez loin de Corinthe. Il faut traverser l'Isthme, la Mégaride et les confins de l'Attique. Il y a certainement dans le Péloponnèse des lieux de transhumance plus voisins ; mais il faut accorder les légendes (dans une tradition ancienne, Œdipe était jeté à la mer et recueilli par les Corinthiens). – Le *lever d'Arcturus* est vers le 15 septembre : la transhumance dure donc six mois, du milieu de mars au début de septembre. Il n'y a pas, à proprement parler, d'automne en Grèce. Les quelques jours de route suffiront donc pour qu'on puisse parler de retour au bercail à l'hiver (le mot grec *kheïmôn* désigne d'ailleurs plutôt la mauvaise saison qu'il ne répond comme notre hiver à un calendrier précis).

Page 119.

1. La brutalité d'Œdipe serait odieuse si elle n'était pas avant tout dirigée contre lui-même ; on sent qu'il a de la sympathie pour ce berger et méprise l'autre. Il lui fait attacher les mains derrière le dos, ce qui est le prélude à la torture, mais il ne se livrera à aucune autre violence ; la menace aura suffi pour venir à bout de la résistance du vieillard. Encore se fera-t-il arracher les réponses les unes après les autres.

La progression et le rythme de la fin de la scène sont admirables dans leur simplicité ; et ils mettent bien en lumière le caractère d'Œdipe : « il faut que je l'entende ».

INTERMÈDE CHORAL (IIIe STASIMON)

Page 123.

1. Nous avons dit pourquoi nous ne considérions pas le précédent intermède choral comme un *stasimon*. Celui-ci résume les principaux thèmes de la tragédie et pourrait lui servir de conclusion : essentiellement l'infirmité de la condition humaine et la sympathie conservée pour Œdipe, considéré comme un malheureux et non comme un coupable (pas même un *maudit* ; on voit combien on est loin d'une tragédie religieuse), et dont on rappelle encore les services.

EXODOS*

Page 124.

1. La véritable tragédie est terminée ; ce qui va suivre est surtout une suite de scènes pathétiques, d'abord récit, ensuite spectacle destiné à frapper physiquement le spec-

tateur d'une façon aussi horrible que les plus épouvantables scènes shakespeariennes, mais certainement avec, dans la représentation, la mesure que l'art grec savait toujours garder.

Le « domestique » (le mot grec *exangelos* signifie : second messager, ou messager venu du palais, par opposition au Corinthien) sort du palais, épouvanté et se voilant la face. L'ordre de son récit est très dramatique. Il est d'abord question de Jocaste ; puis l'attention se porte sur Œdipe et revient à la reine d'une façon particulièrement émouvante : l'irruption du malheureux et la découverte du cadavre (le suicide lui-même n'est jamais raconté dans ces récits ; il faudrait expliquer pourquoi les assistants n'ont pas pu l'empêcher – voir *Les Trachiniennes* et *Antigone* ; mais ici l'interruption est particulièrement pathétique sinon très clairement justifiée) ; enfin, la scène terrible de l'aveuglement, où l'abondance des détails réalistes dans le récit laisse supposer qu'ils étaient réduits au minimum dans la représentation (quelques traînées de sang sur le masque).

Page 125.

1. L'*Ister* est le Danube ; le *Phase*, le Tanaïs.

2. On comparera avec le récit que fait la nourrice du suicide de Déjanire dans *Les Trachiniennes* : mêmes imprécations et déplorations sur le lit nuptial ; gestes analogues ; mais Jocaste est plus farouche et ne s'attendrit pas. Le détournement d'attention du témoin est moins clairement justifié. Était-il hors de la chambre et a-t-il seulement entendu les cris de Jocaste ou l'avait-il suivie à l'intérieur, mais s'est-il détourné en entendant les vociférations d'Œdipe ? La première explication paraît plus vraisemblable ; mais là encore Sophocle ne s'est guère soucié de clarté dans l'exposé des faits.

3. La porte ne pouvait s'ouvrir de l'extérieur (Jocaste avait sans doute poussé ou laissé retomber la barre qui servait de serrure). Il semble que ce soit par une pesée sur les vantaux qu'Œdipe, aux vers 1261-1262, fait fléchir les

pentures et sortir ainsi les gonds de leurs alvéoles creusées dans le pavé. Mais le texte peut être sujet à diverses interprétations (certains commentateurs entendent qu'Œdipe courbe par son effort les barres qui sortent ainsi des gâches ; mais les uns parlent de barres horizontales, d'autres de tiges verticales s'enfonçant dans le sol).

Page 127.

1. La rentrée d'Œdipe aveugle est un des spectacles les plus fameux de l'histoire du théâtre ; la plupart des grands acteurs s'y sont essayés. La scène débute par un *kommos*, d'abord anapestique ; puis à partir du vers 1315, chanté en dialogue par Œdipe et le chœur, avec, intercalés, des distiques parlés du coryphée (v. 1319-1320, 1327-1328, 1346-1347), qui pose des questions auxquelles Œdipe ne répond pas. Les vers 1331-1332 sont essentiels : Œdipe n'a pas voulu d'autre bourreau que lui-même. Le reste du chant est une déploration sur les malheurs de l'existence.

À partir du vers 1366, le dialogue parlé reprend. Œdipe, en justifiant son acte, confirme l'intransigeance de son caractère. On remarquera que, à part l'allusion à la responsabilité d'Apollon aux vers 1329-1330, il se traite non comme une victime, mais comme un coupable. Pas d'allusion au problème de la « faute par ignorance » qui ne sera, à propos d'Œdipe, posé que dans *Œdipe à Colone*.

Le retour de Créon fait de lui le juste de la pièce ; personnage totalement contraire à ce qu'il était dans *Antigone* et redeviendra dans *Œdipe à Colone* : généreux, oubliant les offenses ; Œdipe saura lui faire amende honorable. Il parle cependant en chef religieux, scrupuleux dans les rites et soucieux des oracles. Bienveillant avec Œdipe, il le rabroue cependant, en rappelant la cause même de son malheur, ses triomphes trop nombreux qui ne pouvaient que tourner à la catastrophe ; c'est un lieu commun chez les Grecs (thème de l'*hybris*), mais ici il s'y ajoute une couleur psychologique : ses victoires ont rendu Œdipe orgueilleux, ne souffrant plus la contradiction (allusion à la façon dont il a traité Créon lui-même). Ce caractère a, sinon causé son malheur, puisqu'il ne pouvait y échapper, du moins peut-être hâté l'accomplissement du destin et l'a aggravé.

La venue d'Antigone et d'Ismène apporte dans cette fin atroce un élément d'attendrissement, auquel se complaît volontiers la tragédie (*Ajax*, *Alceste* d'Euripide, etc.). L'évocation des malheurs des orphelins est fréquente elle aussi depuis l'*Iliade* (voir *Ajax*, v. 545 et suiv.) ; ici elle est variée par le fait qu'il s'agit de filles (le même thème est repris dans *Électre*, justifié par de tout autres circonstances et sur un autre ton).

Page 138.

1. Le couplet final du coryphée exprime un lieu commun de la sagesse grecque (voir Solon à Crésus, Hérodote, I, 32). Ici, toutefois, il résume bien la « moralité » de la tragédie ; on remarquera une fois de plus qu'elle n'a rien de religieux ; les dieux n'y sont même plus nommés ; c'est une constatation pessimiste d'expérience. Elle peut sembler bien banale en conclusion d'une œuvre si grandiose. C'est là un des paradoxes de la pensée grecque. Le poète a toutefois voulu donner à cette sortie du chœur une allure plus solennelle, en usant d'un rythme élargi (tétramètres trochaïques, au lieu des anapestes habituels). C'est le seul exemple, chez Sophocle, de cette anomalie. L'*Agamemnon* d'Eschyle se terminait par des trochaïques, mais ils étaient dits par les acteurs.

RAPHAËL DREYFUS

LEXIQUE*

Agôn : lutte, procès ou débat (notamment débat oratoire dans la tragédie ou la comédie).
Anapeste : pied de trois syllabes, deux brèves suivies d'une longue. *Rythme anapestique* : rythme comportant essentiellement des anapestes.
Antilabè : division des vers en deux répliques.
Antistrophe : voir *strophe. Antistrophique (couple)* : groupement de la strophe et de l'antistrophe correspondante. *Antistrophique (forme)* : type de composition lyrique procédant par couples de ce genre.

Choreute : simple membre du chœur.
Coryphée : chef du chœur, le seul choreute qui dialogue avec les acteurs.

Eccyclème : plate-forme mobile permettant de faire apparaître aux yeux des spectateurs l'intérieur d'un édifice, dont le décor ne lui présentait que l'extérieur.
Élenchos (vocabulaire de la procédure juridique athénienne) : dans un débat juridique, désigne le fait de confondre l'adversaire par l'interrogatoire auquel il devait répondre.

* Les termes sont signalés dans le texte par un astérisque.

ÉPISODE : partie dialoguée de la tragédie, division correspondant à celle de nos actes, sauf le premier (prologue) et le dernier (*exodos*).

ÉPODE : couplet terminant un chœur ou autre morceau lyrique après un ou plusieurs couples antistrophiques.

EXODOS (littéralement : sortie du chœur) : dernière partie dialoguée de la pièce (répondant à notre dernier acte) et précédant, en réalité, la sortie du chœur.

HYPORCHÈME : chœur accompagné de danses mouvementées et souvent joyeuses, généralement intervenant au cours d'un épisode.

ÏAMBE : pied composé de deux syllabes, une brève et une longue. *Rythme ïambique* : rythme comportant essentiellement des ïambes.

KOMMOS : dialogue lyrique ou mi-parlé entre le chœur et les acteurs.

MÉGARON : salle principale d'un palais mycénien.

ORCHESTRA : partie du théâtre, de forme circulaire, entre les gradins et la *skènè*, où évoluait le chœur et jouaient occasionnellement les acteurs.

PARODOS : a) (plur. *parodoi*) entrées latérales de l'*orchestra* aménagées de chaque côté entre les gradins et la *skènè*.

b) (toujours au singulier) :

1° entrée du chœur ;

2° chant qui accompagne cette entrée ;

3° partie de la tragédie constituée par ce chant.

PÉAN : chant en l'honneur d'un dieu ou d'un héros.

PROLOGUE : première partie de la pièce, équivalant à notre premier acte (bien que d'une longueur très variable, dialogué ou non, comportant une ou plusieurs scènes) et qui précède la *parodos*.

Skènè (littéralement : baraque) : édifice servant de coulisse et devant lequel on jouait, avant que le mot passe à la désignation de la scène elle-même.

Stasimon (plur. *stasima*) : tout chant du chœur seul, autre que la *parodos*. Généralement exécuté hors de la présence des acteurs et servant à séparer les épisodes.

Stichomythie : dialogue dont les répliques se répondent vers à vers.

Strophe : couplet lyrique, auquel répond, par le rythme, la mélodie et la danse, une *antistrophe*. Un ou plusieurs couples antistrophiques peuvent être couronnés par une *épode*.

Thrène : chant de lamentations funèbres.

Thymélè : autel consacré à Dionysos, placé au centre de l'*orchestra*.

R. D. et J.-L. B.

DU MÊME AUTEUR

Dans la même collection

TRAGÉDIES (THÉÂTRE COMPLET). *Traduction de Paul Mazon. Préface de Pierre Vidal-Naquet. Notes de René Langumier.*

Dans la collection Folio théâtre

ANTIGONE. *Traduction de Jean Grosjean. Préface et dossier de Jean-Louis Backès. Notes et lexique de Raphaël Dreyfus.*

Composition: Nord Compo
impression Novoprint
à Barcelone, le 23 septembre 2020
Dépôt légal : septembre 2020
1er dépôt légal dans la collection : août 2015

ISBN 978-2-07-046621-4./ Imprimé en Espagne.

373247